아버지를 기억해

先に亡くなる親といい関係を築くためのアドラー心理学(岸見一郎)

SAKININAKUNARUOYATO IIKANKEIWO KIZUKUTAMENO ADLERSHINRIGAKU

Copyright © 2019 by Ichiro Kishimi

Original Japanese edition published by Bunkyosha, Co., Ltd. Tokyo, Japan

Korean edition published by arrangement with Bunkyosha, Co., Ltd.

through Japan Creative Agency Inc., Tokyo and Eric Yang Agency, Seoul

이 책의 한국어판 저작권은 에릭양 에이전시를 통해

저작권사와 독점 계약을 맺은 SJW International에 있습니다.

저작권법에 의하여 한국 내에서 보호를 받는 저작물이므로 무단 전재 및 복제를 금합니다.

아버지를 기억해

곁에 있어줘서 🌙 고마운 당신에게

기시미 이치로 지음

전경아 옮김

시원
북스

아 버 지 를   기 억 해

아버지는 2013년 2월 세상을 떠났다.

향년 여든넷이었다.

이 책은 치매 진단을 받은 아버지를 돌보던 시기에 썼다.

아버지의 마지막 시간을
함께 보내며

어느 날, 한 신문에 치매에 걸린 어머니를 모시고 단 둘이 사는 아들의 기사가 실렸다. 아들은 어머니를 돌보느라 다니던 회사를 그만두게 되었다고 한다. 하루는 아침 식사를 마친 뒤 어머니가 아들에게 물었다.

"얘야, 이제 일하러 가지 않아도 괜찮은 거니?"

그 말을 들은 아들은 마음속에 쌓여 있던 불만과 고충이 한순간에 폭발한 듯 짜증 섞인 말투로 목소리를 높여 어머니를 쏘아붙였다.

"엄마, 내가 누구 덕분에 지금 일을 못하게 됐다고 생각해?"

어머니가 기억을 잃은 이유가 치매 탓이라는 것을 알고 있음에도 한순간에 감정을 절제하지 못한 자기 자신이 무서웠다고 아들은 고백했다.

나는 이 기사를 읽고 결코 남의 일이 아니라고 생각했다. 나의 아버지도 알츠하이머 치매 진단을 받았기 때문이다. 나이가 들고 아픈 아버지를 돌보기 시작하면서 나도 아버지의 말이나 행동에 짜증을 낸 적이 있었다. 물론 별일 없이 지나간 날들이 더 많았다. 하지만 어쩌다가 일이 잘 풀리지 않으면 아버지를 탓할 때가 있었다.

어머니가 젊어서 뇌경색으로 세상을 떠난 뒤 아버지는 오랫동안 혼자 살았다. 그리고 모든 인생이 그렇듯 아버지에게도 여러 가지 문제가 생겼다. 내가 아버지를 가까이서 모시려 하자 아버지는 "왜 그러는지 모르겠네"라며 선뜻 받아들이지 않았다.

겨우 아버지를 설득해서 어머니와 함께 살았던 집으로 모시고 올 수 있었다. 아버지와 한집에 사는 건 어려웠지만 걸어서 15분 거리라면 괜찮다고 생각했다. 25년 만에 돌아온 집에서 아버지는 어머니와 함께 살았고 나와 누이동생을 낳아서 키웠다.

나는 예전과 달리 집에서 일하고 있었다. 아버지가 돌아오기 2년 전에 큰 병을 앓은 까닭에 당분간 건강을 위해 바깥일을 대폭 줄였기 때문이다. 다행히 아버지를 모셔올 즈음에는 몸이 회복되어 바깥일을 조금씩 다시 시작하려던 참이었다.

아버지는 인정하지 않았지만 혼자서는 살 수 없는 몸이 되어 있었다. 부모를 돌본다는 것은 사람이 없으면 할 수 없는 일이다. 회사에 다니지 않던 나는 다른 사람보다 자유롭게 시간을 쓸 수 있어서 아버지를 돌볼 수 있었다. 하지만 전부 혼자 할 수는 없어서 가족의 도움을 받거나 간병 서비스를 이용했다.

시간이 지나자 주치의와 요양 보호사가 아버지를 요양 전문기관에 보내드릴 것을 권유다. 이들의 권유로 요양 시설에 신청한 지 얼마 지나지 않아 아버지의 입소가 예상보다 빠르게 결정되었다. 처음에 사람들은 입소 신청을 한 다음 어느 정도 시간이 걸릴 거라고 조언해주었다. 그래서 우선 신청을 하고 그때까지 아버지를 돌보면서 아버지와의 관계에 대해 정리할 시간을 가질 수 있으리라 생각했다.

그런데 예상보다 빨리 확정된 입소 일정에 무엇을 해야 할지 처음에는 혼란스러웠다. 그러나 생각해보니 아버지가 시설에 들어간다고 해서 돌봄이 끝나는 건 아니었다. 아버지가 시설에 들어간 다음에도 일주일에 두어 번은 아버지를 찾아갔다. 집에서 모시면 장점도 있지만 단점도 많다. 간병에 따르는 부담 역시 직접 경험해봐야 안다. 무엇이든 시작해봐야 실감하는 법이다.

부모 돌봄과 가족 문제로
고민하는 사람들에게

✦   내가 아버지를 돌보고 있다보니 요즘
들어 신문과 뉴스에서 보도되는 부모와 자식의 관계, 부모 돌봄
과 간병을 둘러싼 불행한 사건을 접하면 마음이 더욱 아팠다.

　물론 내 이야기가 부모를 돌보며 묵묵히 하루하루를 살아가
는 이들에게 만병통치약 같은 해결책이라고는 말하기 어렵다.
다만 생계를 유지하면서 부모를 돌보느라 애쓰는 사람들이 자신
을 심하게 탓하거나 쉽게 지치지 않도록 도와주고 싶었다.

　그리고 몸도 마음도 약해진 나이 든 부모를 어떻게 바라보고
돌봐야 할지, 부모와의 관계를 어떻게 정리하고 좋은 관계를 맺
을 수 있을지, 오랫동안 지속될 돌봄 과정에서 현실적으로 버틸
수 있는 방법들을 정리해보려 애썼다.

　이러한 바탕에는 내가 공부한 '아들러 심리학'이 있었다. 물
론 아들러가 부모의 돌봄이나 간병에 대해 말한 적은 없다. 다
만 아들러라면 어떻게 할지 나의 아버지를 돌보며 진지하게 생

각해보았다. 아들러 심리학은 확실히 엉킨 실타래와 같이 복잡하게 꼬인 어떤 문제도 해결의 실마리를 찾을 수 있도록 도움을 주는 것 같다.

지금부터 나의 아버지에 대한 이야기를 시작하려 한다. 우리 가족의 이야기로 인생 전반에 걸친 문제를 들여다보고 부모자식 간의 관계에 대해서도 허심탄회하게 나눠보려 한다.

Contents

Chapter 2

기억을 잃은 아버지를
있는 그대로 받아들이기

Chapter 3

부모라는 꽃에
변함없이 물을 주자

Chapter 4

가족은 서로에게
존재 자체로 공헌하고 있다

Chapter 5

부모 돌봄에
도움을 주는 사람들

Chapter 6

나이듦과 돌봄에 대해
더욱 성숙한 사회로

아 버 지 를   기 억 해

Chapter 1

어른이 된 내 앞에

기억을 잃은 아버지가 서 있다

언젠가부터 아버지에게
조금씩 변화가 일어나고 있었다

◆   아버지는 오래 혼자 살았다. 아버지와
떨어져 살았던 나는 아버지의 상태를 제대로 파악하지 못했다.
아버지가 건망증이 심해졌다고 말했을 때는 그저 나이 탓이겠지
하고 생각했다. 몸이 좋지 않다고 말했을 때도 별일 아니겠지
싶었다. 무슨 큰 문제가 있겠나 싶었다.

그런데 아버지가 가스레인지 불을 끄는 걸 깜빡하고, 운전을
하다 사고를 내고, 돈을 있는 대로 다 쓰는 일이 일어나면서 비
로소 아버지에게 뭔가 변화가 일어났다는 사실을 눈치챘다. 같

이 살지 않아서 더 빨리 알아차리지 못했을 뿐이지 아버지의 변화는 훨씬 이전부터 시작되고 있었다.

몸이 안 좋아진 아버지를 원래 우리 가족이 살던 집으로 모신 뒤 2개월쯤 흘렀을 때 아버지의 상태가 갑자기 악화되었다. 평소와는 어딘가 달라 보여서 다음 날 병원으로 진찰을 받으러 갔는데 당장 입원하라는 의사의 지시가 떨어졌다. 아버지가 오래 앓았던 협심증이 아닌 빈혈 악화가 원인이었다. 빈혈이 어디서 발생했는지도 모른 채 아버지는 2개월간 병원에 입원해 있어야 했다. 그리고 입원해 있는 동안 뇌 MRI 검사를 받고 알츠하이머 치매 진단을 받았다. 영상을 보니 뇌 전체와 해마가 위축되어 있었다.

아버지의 검사 결과가 좋지 않아서 주치의가 퇴원을 허락하지 않았겠지만, 내가 그때 치매에 관해 알았더라면 증상이 진정되고 나서 바로 퇴원을 하도록 했을 것이다. 아버지는 입원 중에 폐렴에 걸리기도 해서 입원 기간이 공연히 길었던 건 아니지만 그래도 더 빨리 퇴원할 수 있게 해달라고 의사에게 요청할 수도 있었다.

그런데 내가 그때 그렇게 하지 못한 이유는 병원에서 아버지의 간병을 시작하고 나서 감당하기가 쉽지 않다는 사실을 깨달

앗기 때문이다. 아버지가 가능한 한 오래 입원했으면 하는 마음
에서 의사에게 퇴원에 대해 적극적으로 물어보지 못했다. 매일
병원을 오가는 것은 힘든 일이었는데 지금 생각하면 아버지가
입원해 있는 동안에는 밤에는 안심하고 잠을 잘 수 있었던 것
같다.

　퇴원 후 아버지는 눈에 띄게 나이가 들어 보였다. 퇴원 직후
의 혼란은 이내 가라앉았지만 이전 상태로 돌아가기까지는 상
당한 시간이 걸렸다. 나중에 알게된 사실은 치매의 경우 며칠만
입원해도 생활에 지장을 주는 경우가 있으니 입원에 대해 신중
해야 한다는 것이었다.
　게다가 아버지는 자신이 키운 반려동물 '치로'에 대해 까맣게
잊어버리고 말았다. 아버지가 입원해 있는 동안 나는 매일 병
원과 집을 오가며 아침과 저녁나절에 개밥을 챙기고 산책을 시
켜주었다. 그러나 머지않아 양쪽을 오가며 아버지와 치로를 돌
보기가 너무 힘이 벅찼고 치로도 혼자 있는 시간이 길어져 좋지
않았다. 그래서 고심 끝에 여동생 가족에게 치로를 맡기기로 결
정했다.

　당시 입원 중이던 아버지에게는 이에 대해 말하지 않았다.

그 이유는 내가 병원에 가면 아버지가 꿈에서 치로를 봤다고 한 번씩 얘기했기 때문이다. 아버지가 퇴원했을 때 치로가 눈앞에 없으면 크게 화를 낼까 두려워 여동생 가족에게 맡긴 것을 어떻게 설명할지 궁리했으나 쉽게 답을 찾기가 어려웠다.

그런데 막상 아버지는 병원에서 돌아오자 '만년의 반려자'라고 불렀던 치로를 기억에서 감쪽같이 지워버린 상태였다. 아버지가 집으로 돌아오기 전의 변화에 대해서는 얘기로만 들었으나 이렇게 내 두 눈으로 똑똑히 보고 확인한 것은 바로 이때였다.

퇴원 후 아버지는 혼자서 장을 보거나 식사 준비를 할 수 없어서 낮에는 내가 아버지 집에 갔다. 내가 사는 집은 아버지 집과 걸어서 15분 거리쯤 떨어져 있었다. 아버지에게 갔다가 집에 볼일이 생기면 다시 집으로 돌아갔다. 다만 일이 있는 날에는 아버지가 혼자 있어야 해서 식사를 할 수 있도록 도시락을 준비해놓았다. 그런 날은 어쩔 수 없이 아버지를 저녁까지 혼자 두었지만 이 역시 내가 치매에 대해 잘 알았더라면 그러지 않았을 텐데 하는 후회가 훗날 들었다.

아버지는 어느 날 갑자기
어머니에 대한 기억을 모두 잃어버렸다

◆　　　　　　　돌이켜보면 아버지가 입원하기 전에 뭔가 조금 이상하다고 느낀 적이 있었다. 아버지가 치로와 산책을 다녀온 지 얼마 안 된 것 같은데 다시 산책을 가겠다고 나선다거나 식사를 한 사실을 깜빡 잊어버렸기 때문이다. 하지만 이보다 더 놀랍고 충격적이었던 일은 나중에 아버지가 돌아가신 어머니에 대해 까맣게 잊어버린 것이었다. 아버지는 정말 어머니에 대한 기억을 잃어버린 걸까?

"아버지, 이 집에서 어머니와 함께 살았는데 전혀 기억이 안 나세요?"

내 질문에 아버지는 울적한 표정으로 고개를 저을 뿐이었다.

나는 아버지가 자신을 둘러싼 이야기 중 중요한 부분을 전혀 기억하지 못한다는 사실을 알고 나서야 같은 물건을 몇 번이나 산 것도, 외출했다가 집을 찾지 못해 우연히 지나가던 이웃의 차를 얻어 타고 돌아온 것도, 주치의와 집주인과 말다툼을 한 것도 모두 치매 때문이라고 짐작할 수 있었다.

기억장애에 관해서는 간단한 검사로도 바로 알 수 있지만 이러한 감정과 성격의 변화는 잠깐 이야기를 나눠서는 알 수 없고 함께 생활하고 나서야 비로소 알 수 있다. 아버지는 사람들과 의사소통을 하는 데 전혀 문제가 없었기 때문에 아버지의 병을 눈치채지 못한 사람도 있었다.

아버지는 입원 중에 한밤중이 되면 방밖으로 나가서 정처 없이 돌아다니곤 했다. 병원은 기존에 생활하던 공간이 아니라서 어쩔 수 없이 낯선 경험을 하게 되므로 아버지만이 아니라 누구나 처음에는 조금씩 혼란스러워한다. 하지만 입원이라는 급격한 환경 변화가 아버지를 상당히 혼란스럽게 만들었던 것 같다.

아버지가 퇴원 뒤 다시 생활 공간으로 돌아왔을 때 이미 입원 전의 상태로 돌아올 수 없게 된 것을 내 눈으로 직접 보고서 치매라는 진단을 받았다는 의미가 구체적으로 어떤 것인지 확실히 이해할 수 있었다.

하지만 부모의 모습이 이전과는 달라지고 의사에게 치매라는 진단을 받았는데도 나는 내 부모가 치매라는 사실을 인정하고 싶지 않았다. 부모가 병원에서 치매 검사를 받을 때 못 해낸 일을 일상생활에서 어려움 없이 해내는 모습을 볼 수 있기 때문이다. 의사는 아버지에게 이런 질문을 던지곤 했다.

"지금 계절을 말해보세요."

"100에서 3을 빼면?"

하지만 그런 질문으로 아버지를 정확하게 진단할 수 있는지는 의문이 들었다. 바깥은 추위도 난방이 잘되는 병원에 오래 있으면 계절을 느끼지 못할 수도 있기 때문이다. 오늘이 며칠인지는 규칙적인 일을 하지 않는 아버지가 꼭 알아둬야 할 정보는 아니었다.

애초에 아버지는 의사가 무엇을 위해 자기한테 그런 질문을 하는지 이해하지 못하는 것 같았다. 의사가 아버지와 충분히 신뢰 관계를 맺기 전에 검사를 진행한 탓인지 아버지는 어쩔 줄 몰라 하며 평소 실력을 발휘하지 못했다. 그런 상태에서 얻은 결과를 보고 아버지가 정확히 검진을 받았다고 하기에는 아쉬움이 있었다.

자식으로서 나는 부모의 진짜 모습은 가족만이 이해할 수 있다고 생각했다. 하지만 정확하게는 의학적인 검사 결과를 바탕으로 부모의 모습을 바라봐야 할 것이다. 그래야 다른 누구도 아닌 내 부모의 상태를 정확히 확인할 수 있기 때문이다. 가족은 팔이 안으로 굽듯이 실제보다 가볍게 증상을 이해할 수도 있다. 따라서 감정 이입을 하지 않는 제삼자가 질병을 더 올바로 판별할 수 있다고 할 수도 있다.

그러나 치매라고 해도 모두 똑같지 않고 사람마다 양상이 다르다. 치매 전문가로 많은 사람에게 치매를 진단해온 의사가 막상 자신의 아내가 치매에 걸리자 그제야 치매 환자 돌봄이 얼마나 힘든 일인지 알 수 있었다는 이야기가 있다. 그 의사도 가족의 치매를 일반화해서 바라보기가 어렵다는 사실을 직접 깨달았을 것이다. 또한 이러한 진단을 받는 것이 가족에게는 끝이 아니라 앞으로 언제까지 계속될지 모를 돌봄의 시작이라는 사실도 뒤늦게 알게 되었으리라.

아버지에게 일어난 변화를
좀 더 빨리 인정해야만 했을까?

어쨌거나 병이라고 깨닫는 타이밍은 항상 너무 늦다. 부모만이 아닌 자신의 병도 마찬가지다. 나는 아버지가 돌아오기 2년 전 어느 날 갑자기 심근경색으로 쓰러지고 말았다. 그전에 이미 숨이 차서 걷지 못하는 등 명확한 전조 증상이 있었음에도 불구하고 구급차로 병원으로 실려 가 의사에게 진단을 받을 때까지 나에게 병이 있으리라고는 전혀 생각해보지 못했다. 어쩌면 지금 내 몸에서 일어나는 이변이 죽음에 이르는 병이 아니라고 믿고 싶었는지 모르겠다. 그래서 사실을 외면하고 몸에 일어나는 징조를 무시하거나 무해하다고 해석하려 했던 것이다.

　아버지의 경우도 치매라는 의사의 선고가 결코 청천벽력이 아니었다. 치매가 아닐까 충분히 의심할 수 있는 상황에서 그 누구도 그것을 인정하지 않으려던 것뿐이다. 그래서 의사의 진단을 듣고 더 빨리 인정해야 했다고 얼마나 뒤늦은 후회를 했는지 모른다. 그러나 뒤를 돌아보며 후회해봤자 무슨 소용이겠는가. 인생에 크고 작은 문제가 없던 것은 아니지만 여태까지 심각한 일이 일어나지 않았다는 사실에 감사하고 앞으로 어떻게 하느냐를 생각할 수밖에 없었다. 그것만이 내가 할 수 있는 일이었다.

　아버지는 과거를 잃고 자신이 지금 어디에 있는지도 알지 못하게 되었다. 병이 있든 없든 고령이라면 조금이나마 기억장애가 일어난다. 기억장애로 곤란을 겪지 않으려면 어떻게 해야 할지, 더 나아가 자신이 지금 어떤 상황에 처해 있는지 잘 알지 못해도 그것이 사는 데 큰 지장을 초래하지 않도록 하려면 어떻게 지원해야 할까를 생각해보고 싶다. 동시에 부모 돌봄이 조금이라도 가족의 부담이 되지 않으려면 어떻게 해야 좋을지도.

부모의 인생을 존중하여 부모가 병에 걸려도 자기답게 살 수 있는 존엄성을 지키는 것을 최우선으로 해야 할 것이다. 하지만 그것이 가족에게 과도한 부담이 되어서는 안 된다. 가족의 부담을 줄이는 것은 부모의 인격을 경시하는 결과가 되지 않도록 보호하는 장치이기도 하다.

"얘야, 그냥 내가 다 기억하고 있다고 하면 안 되겠니?"

부모 돌봄이 얼마나 힘든지에 대한 객관적인 지표가 있는 것은 아니다. 우선 간병이 얼마나 필요한지 심사를 받은 다음 간병 서비스의 종류와 시간이 정해지는데 간혹 실제 현상을 반영하지 않는 결과가 나올 때가 있다. 오늘이 몇 월 며칠인지, 보통은 자신이 몇 살인지도 대답하지 못하던 부모가 조사원이 오면 정확하게 대답할 때가 있다.

아버지는 조사원이 방문하기 직전까지 "그냥 다 안다고 하면 안 되니?"라고 내게 몇 번이나 물어봐놓고 막상 질문이 시작되자 마치 예행 연습을 한 것처럼 막힘없이 자신의 나이를 월 단

위로 대답했다. 동작도 평소보다 훨씬 기민해 보였다. 기억이 모두 사라진 건 아니지만 잊어버린 줄 알았던 기억이 조사원 앞에서는 생각나기도 했다.

이와는 반대로 아버지의 평소 실력보다 낮은 결과가 나오기도 했다. 아버지는 질문의 목적이 이해되지 않았는지 대답을 하지 못하거나 조사원에게 화를 낸 적도 있었다. 의사한테 검사를 받을 때도 마찬가지다.

물론 전문가인 조사원은 부모의 대답만 듣고 결과를 판정하지 않는다. 검사에 제대로 대응하지 못하는 것보다 할 수 있는 게 낫고, 가족이라면 본래 간병의 필요도가 낮게 나오는 것에 기뻐해야 마땅하다.

부끄럽게도 나는 간병 필요도가 낮게 나오면 부담이 늘어날까봐 높게 나오기를 은근히 바랐다. 가족은 어떻게든 돌봄의 부담을 덜고 싶은 게 당연하다. 그래서 간병이 필요하지 않다는 검사 결과가 나오거나 간병 필요도가 낮게 나오면 곤란해서 어찌할 바를 모른다.

아버지가 입원했을 때 가능한 한 오래 입원하기를 바랐다고 말했는데, 자식으로서 부모가 서둘러 좋아지기를 바라야 하건만 속으로는 딴생각을 한 것에 죄책감을 느꼈다. 이렇게 죄책감을 느끼고 자신을 탓하는 것은 돌봄을 힘들게 하는 요인 중 하나다.

조사 기준도 문제로, 사지가 멀쩡해서 어디든 자유롭게 걸을 수 있고 어디 아픈 데가 없고 생활 면에서 자립할 수 있어도 치매에 걸리면 돌봄이 힘들다. 치매가 있으면 바깥에 나갔다가 집에 돌아오지 못하고 생각지도 못한 먼 장소에서 발견되기도 한다. 전철과 택시를 탈 때는 놀랄 정도로 먼 거리를 이동한다. 밖에서 교통사고에 휘말리기도 한다. 그래서 부모가 밖에 나가서 거리를 헤매는 경우 한시도 눈을 뗄 수가 없다. 그렇다고 종일 누워 있기만 하면 돌봄이 편하다는 말은 아니다. 돌봄이 얼마나 힘든지는 다른 사람의 사례와는 비교할 수가 없다.

아버지는 입원 중에 알츠하이머 치매 진단을 받았으나 병명이 뭔지를 알아도 그것이 퇴원 후 돌봄을 하는 가족에게는 어떤 도움도 구원도 되지 않았다. 퇴원 후 구체적으로 아버지를 어떻게 대하면 좋은지 의사에게 자세한 설명을 듣지 못했기 때문이다. 이것이 의사의 일이 아닐지도 모르지만, 개인적으로는 어떻게 하면 좋을지 명확한 지침을 듣고 싶었다. 의사가 진단은 해도 그 이상에 대해 이렇다 저렇다 말하지 않은 이유는 치매 증상이 일반화되어 있지 않아서 대처법도 특정하기가 곤란하기 때문인지 모른다.

다만 방문 간호사에게 지시서를 써준 의사와 아버지에게 정기적으로 왕진을 와준 의사는 치매를 일반화하기 어렵다는 한계 속에서도 생활하는 순간순간에 치매가 어떻게 나타나는지에 관해 구체적인 지식이 있어서 배우는 게 많았다.

시작은 불안했지만
병을 아는 것이 낫다

◆   퇴원할 때 의사가 치매를 개선하지 못해도 증상을 늦추는 약이 있다며 어떻게 할지 내게 물었는데 증상을 늦춰준다니 굳이 거절할 이유가 없었다. 치매 증상을 늦출 수 있어도 개선하는 것은 아니라는 의사의 설명은 퇴원 후의 생활을 생각하면 암울한 기분이 들기에 충분했다.

아버지가 치매 진단을 받았을 때의 기분은 어머니가 뇌경색으로 회복 가능성이 없다고 주치의에게 선고를 받았을 때와는 달랐다. 어머니의 경우는 죽음이 임박했으니 받아들일 준비를 하라는 의사의 설명에 마음의 각오를 할 수 있었다.

하지만 당장 죽음에 이르는 것은 아니어도 좋아지지 않을 거라고 예상하는 것은, 혹은 당장 죽음에 이르지 않아도 부모의 죽음을 기다리는 상황 속에서 돌봄을 하는 것은, 그것도 언제까지 계속될지 모를 간병을 계속하게 되리라고 예상하는 것은 나를 크게 불안하게 만들었다.

확실한 진단을 받아서 정확한 병명을 알면 그 나름대로 좋은 점이 있다. 의료하는 쪽에서 말하자면 치료법을 정할 수가 있다. 치매에도 다양한 종류가 있는데 병을 잘못 진단해서 대처하면 좋아질 병도 나아지지 않는다.

돌보는 쪽에도 좋은 점이 있다. 치매가 아니어도 열이 나거나 두통이 날 때, 원인을 모르는 것보다 어떤 병이 원인인지 알면 공연히 걱정할 필요가 없다. 물론 치료하기 힘들다는 게 밝혀지면 더욱 불안해지겠지만 원인을 모르는 것보다는 마음이 훨씬 편할 것이다.

또한 치매 진단을 받으면 그때까지는 그저 골칫덩이로만 보이던 부모를 다르게 볼 수도 있다. 부모의 이상한 행동이 치매 때문이라는 사실을 알면 부모의 말이나 행동이 개선되지 않더라도 부모를 이해할 수 있을 것 같은 기분이 들기 때문이다. 실제로는 질병이라서 쉽게 말할 수는 없지만 말이다.

가족이라고 해서
힘들지 않은 돌봄은 없다

우리 주변에는 부모 돌봄이 아무리 힘들어도 묵묵히 최선을 다하며 내색하지 않는 사람이 있다. 하지만 부모의 상태가 어떻든 돌봄이 얼마나 힘든지를 재는 객관적인 척도가 없고 다른 부모의 돌봄과 비교할 수 없으니 힘들지 않은 돌봄은 없다고 누구나 사양 말고 인정해도 좋을 것 같다.

힘들지 않은 돌봄은 없다. 부모 돌봄에 있어 가족의 부담을 조금이라도 덜기 위해서는 어떻게 하면 좋을까? 부모를 돌보는 현실 속에서 부모의 행동을 이해하고 적절히 대처하면 부모와 쓸데없는 갈등을 피할 수 있다. 그러기 위해서는 '마음가짐'이 중요하다. 부모의 간병을 어떻게 받아들이느냐, 부모를 어떻게 보느냐에 따라 설령 매일 같은 일이 일어나도 돌봄에 대한 부담이 가벼워진다.

치매의 경우만이 아니라 나이 든 부모를 대할 때, 자식의 입장에서 어떻게 관계를 맺으면 좋을지를 알면 부모와 좋은 관계를 맺을 수 있다. 설령 의사가 치매는 치료할 수가 없다고 말해도, 관계가 좋아지면 치매 개선에도 효과가 있다.

　　돌봄은 결코 쉽지 않지만 힘들다고 아무리 말해봤자 현재의 상황을 극복할 수는 없다. 피할 수 없다면 마주하는 수밖에 없다. 그렇다고 해서 비참한 기분으로 돌봄에 임해야 하는 것은 아니다. 부모를 돌보는 시간 역시 현실이며, 돌봄이 끝나야 진정한 인생이 시작되는 것도 아니다. 어떻게 생각하면 좋을지는 앞으로 찬찬히 생각해보자.

부모자식 관계는
인생의 마지막까지 남는다

　　아이 문제로 상담을 받으러 온 사람은 이윽고 배우자와의 관계, 배우자 부모와의 관계야말로 해결해야 할 문제임을 깨닫게 된다. 아무리 아이가 부모 속을 태워도 머지않아 반드시 부모에게서 자립하게 된다. 부부간에 문제가 있으면 헤어지는 방법도 있다. 배우자의 부모는 남이라서 처음부터 인간관계에 거리가 있다. 하지만 친부모와의 관계는 마지막까지 남는다. 어린 시절부터 생활을 함께해온 부모와의 관계는 다른 사람과의 관계보다 가깝지만, 그런 탓인지 한 번 꼬이면 회복하기가 어려운 부분이 있다.

부모 돌봄에 대해 말하자면 친부모나 배우자의 부모나 힘든게 당연하다. 어머니는 일을 그만두고 오랫동안 시어머니(나의친할머니)를 간병했다. 그 당시 아직 어렸던 나는 어머니의 고생에 대해 듣지 못했다. 친할머니가 계단에서 넘어져 머리의 신경이 끊어졌다는 설명을 들은 기억은 나지만 지금 생각하면 아마도 치매였던 것 같다.

할머니는 방에서 종일 누워 있고 나온 적이 거의 없었다. 할머니의 모습을 오래 보기는커녕 할머니의 방에 들어가기도 무서웠다. 할머니가 몸져눕기 전에는 할머니에게 응석을 부리며 자랐는데 이제는 내가 모르는 사람이 된 것 같아서 그 사실을 받아들이고 싶지 않았는지도 모른다. 할머니는 집에서 머물다가돌아가셨다. 아버지를 간병하게 되고 나서야 할머니를 돌봤던어머니가 얼마나 고생했을지 알게 되어 마음이 아프고 내심 부끄럽고 창피한 마음도 들었다.

부모가 건강한 동안에는 괜찮지만 돌봄이 필요해졌을 때 자식이 부모를 떠나 생활한다고 해서 부모를 버릴 수는 없다. 대부분이 간병을 하려고 부모와 함께 살기로 결정하는 사람이 많을 것이다. 그렇게 되었을 때 가족 관계는 변할 수밖에 없다.

와시다 기요카즈는《끈질긴 상념》에서 조부모를 어떻게 생각하느냐고 고교생에게 물었더니 "가족, 아니면 부모 사이를 이상하게 만드는 사람"이라고 대답하는 학생이 늘었다고 말한다.

　나는 아버지를 돌보기 위해 낮에 아버지 집으로 갔다. 아내도 쉬는 날에는 아버지 집에 가서 나를 도와주었다. 우리가 집을 비우는 것만으로도 충분히 가족 관계에 영향을 미쳤을지도 모른다. 물론 딸아이는 할아버지가 집 근처로 온 것, 우리 가족이 할아버지를 돌봐야 한다는 것에 일절 불평하지 않았다. 하지만 나와 아내가 그전까지는 거의 화제로 삼지 않던 할아버지에 대해 이야기하는 것을 들었을 테고, 내가 피곤해서 짜증을 내는 것도 알고 있었을 것이다.

　그렇다고 부모가 자식의 부부 관계를 이상하게 만드는 건 아니다. 부모가 관계를 이상하게 만든다고 생각한다면 그 이유는 간단하다. 부부가 자신들에 관한 문제로 다퉈도 그것을 부모 탓으로 돌릴 수 있기 때문이다. 부모에게 간병이 필요하게 되면 가족 관계에 영향을 미치는 것은 사실이다. 그러나 관계가 악화되지만은 않으며 이전과는 달라지는 계기가 되는 것에 불과하다. 오히려 가족 관계가 좋아지기도 한다.

　예를 들어, 부부 관계가 부모를 간병하기 이전부터 좋지 않아서 한쪽이나 양쪽 모두 헤어지기를 바라면 헤어지기 위한 구실로서 가족이 부모의 간병을 부담스럽게 느끼는 상황이 필요하게 된다. 이 경우 부모 돌봄은 부부의 사정에 따라 반드시 힘든 것이 되어야 한다.

상대에게 돌봄을
당연하게 요구하던 시대는 지났다

꼭 그런 이유가 아니더라도 부모 돌봄은 가족 관계에 많든 적든 영향을 끼치고 간병하는 사람의 인생을 바꾸기도 한다. 나는 한창 일할 나이에 20여 년 전 이미 현역에서 물러난 부모를 돌봐야 하는 것이 불합리하게 느껴졌다. 나역시 이제 막 건강을 되찾고 전처럼 일하려고 하던 참이어서 더욱 그랬다.

부모를 돌봐도 간병은 '일'이 아니라서 보수가 나오지 않는다. 집안일을 해도 보수가 나오지 않는 것처럼 말이다. 과거와 달리, 시부모를 맡겨놓은 듯 간병을 요구하는 남편에게 아내는 '간병 이혼'을 원하기도 한다. 자기 부모에게 간병이 필요하게 되었으니 당연한 듯 간병하라는 남편의 요구를 선뜻 받아들이지 못하는 아내는 이제 조금도 이상하지 않다.

시부모뿐만이 아니다. 어느 여배우는 텔레비전 방송에서 뇌경색으로 쓰러진 남편을 간병하기 위해 어쩔 수 없이 일을 그만두게 됐는데 그것이 우울증의 계기가 되었다고 말했다. 자기 부모의 간병에 지쳐 자살을 선택하거나 자식이 부모를 죽이는 사건도 일어난다. 이런 뉴스를 접할 때마다 오래 마음에 남는 이유는 자신도 같은 일을 저지를 가능성이 전혀 없다고 단언할 수 없기 때문이다.

오랫동안 부부로 함께 산 배우자를 간병하는 것과 부모를 간병하는 일은 다른 것 같다. 아오야마 고지가 아흔 살에 쓴 소설 《슬픈 나의 연인》에는 알츠하이머 치매에 걸린 한 아내가 나온다. 이 책은 간병이 주제라기보다 탁월한 연애 소설이라 할 수 있다. 기억을 잃고 속옷에 실금을 하고 길거리를 배회하던 아내가 어느 날 허를 찌르듯이 내뱉은 말에 간병을 하던 남편 게이스케는 두 사람의 젊은 날, 사랑의 추억을 떠올린다.

"그러고 보니 내 이름이 뭐였더라."

"어쩌지. 생각이 안 나."

"하지만 이름 따위 필요 없어."

"나란 사람은 게이스케란 사람 속에 포함되어 있으니까."

"철학자 같은 말을 하는군."

"참, 당신 철학자였지."

나는 이 소설을 읽고 이런 부부간의 간병 사례라면 그나마 거부감이 덜할지도 모른다고 생각했다. 물론 부부간의 간병이 편하다는 의미는 아니다. 부부가 나이가 들어 강한 유대로 엮여 있다면 몰라도 위기에 빠져 있는 경우라면 돌보기가 쉽지 않을 것이다.

자식이 부모를 돌보는 경우에는 자식이 꼭 부모를 좋아한다거나 존경한다고는 할 수 없다. 부모자식 간에 따라 자식이 부모를 돌보기는커녕 얼굴을 마주하고 싶지 않다거나 같은 공간에 있고 싶지 않을 수도 있다.

따라서 부모를 사랑해 마지않는 사람이 아니라면 돌봄에 대한 거부감이 강할 것이다. 게다가 우에노 지즈코가 《늙는 준비》에서 말했듯 과거에는 힘을 가졌던 부모가 돌봄을 필요로 하는 무력한 존재가 되면 그 변화를 심리적으로 받아들이지 못하는 사람도 있다.

자식이 보기에 부모와의 갈등으로 가득했던 고난의 나날을 부모가 전혀 기억하지 못한다는 것은 용서하기 어려운 일일 수도 있다. 부모와 좋은 관계를 맺어 부모를 소중히 여기는 사람과 반대로 해결해야 할 문제를 남긴 채 어쩔 수 없이 부모를 돌보게 된 사람은 부담이 다르게 느껴질 것 같다. 가족 관계가 어떠했든 그전의 일은 없던 일로 하는 수밖에 없겠지만 그리 간단한 일이 아니라고 생각하는 사람도 많을 것이다.

아버지에 대한 걱정이
머릿속에서 떠나지 않는다

아버지가 혼자서도 문제없이 건강하게 산다고 생각했던 시절에는 아버지에게 내가 먼저 전화를 건 적이 거의 없었다. 아버지를 떠올리는 일도 없었다. 그런데 아버지에게 돌봄이 필요하게 되고 나서는 상황이 변하여 아버지에 대한 생각이 머릿속에서 떠나지 않았고 그것이 나를 더욱 힘들게 했다.

낮에는 내가 아버지 댁에 가서 식사 준비 등을 해주었지만 밤에는 아버지 혼자 있어야 했다. 저녁 식사를 마치고 아버지가 잠자리에 드는 것을 확인한 뒤 집에 돌아왔지만 문제는 그 뒤에 일어났다. 내가 아버지에게 가는 시간은 대체로 7시 반에서 8시였는데 아버지는 그 시간보다 더 일찍 일어났던 것이다.

하루는 아버지가 혼자서 에어컨을 만지지 못하도록 손이 닿지 않는 곳에 리모컨을 두고 갔는데 한밤중에 테이블로 올라가

높은 곳에 있는 에어컨 콘센트를 빼버린 일이 있었다. 아버지가 위험하게 테이블에 올라가다니 어이가 없어서 말문이 막혔다. 넘어지지 않도록 그렇게 주의를 줬건만 전부 부질없는 짓이었다. 또 한밤중에 여기저기 서랍을 열어서 안에 있는 물건을 죄 꺼내놓고는 그대로 잠이 들기도 했다. 하지만 내가 갈 때쯤에 아버지는 아무것도 기억하지 못했다. 그런 일이 종종 있어서 밤에 집에 오고나면 몹시 마음이 쓰였다.

아침에 가면 아버지는 대개 거의 자고 있었다. 일단 혼자 일어나서 옷을 갈아입고는 텔레비전 볼륨을 제일 크게 켜놓은 채로 다시 잠이 드는 것이다. 아버지 방에서 텔레비전 소리가 들리면 안심이 됐지만 현관문을 열어도 평소처럼 텔레비전 소리가 들리지 않고 죽은 듯이 조용하면 아버지 방문을 열기가 겁이 났다. 아버지가 깊이 잠들어 있으면 숨을 쉬고 있는지 걱정이 됐다. 가슴이 움직이는 것을 확인하고 나서야 안심했는데, 이때의 긴장감이 견디기 힘들어서 쉬는 날 아침에 아내가 함께 와주면 걱정이 반으로 줄었다.

아버지가 예기치 못한 일을 저질렀을 때, 나는 짜증이 나서 왜 이런 일을 했냐고 종종 화를 내기도 했다. 하지만 아버지는 이미 기억하지 못해서 뒤늦게 따져봤자 의미가 없었다.

아침이면 반드시 아버지에게 가야 하는 것도 나를 힘들게 했다. 내가 가지 않으면 아버지는 식사를 거르게 되므로 피곤하다고 마음대로 쉴 수도 없었다. 무더운 여름이든 추운 겨울이든 백중이든 정월이든 아버지와는 아무런 상관이 없었다. 쉬는 날에도 집에서 편히 쉴 수가 없었다.

나는 알람을 설정하지 않고 자고 싶었다. 돌보미 선생님에게 아버지 댁 일을 맡기고 집에 돌아온 날에는 피로를 풀기 위해 잠시 잠을 청하곤 했는데 한 시간 후에는 알람을 듣고 일어나야 해서 너무 힘들었다.

부모와 함께 사는 사람은 한밤중에 화장실에 가는 소리만 나도 눈이 떠진다고 한다. 내 경우는 밤에 아버지를 혼자 뒀기 때문에 언제 몇 시에 위험한 상황에 빠질지 몰라 마음은 편치 않았으나, 아버지가 화장실에 가는 기척에 눈을 뜨지 않아도 되는 것은 다행이었다.

하지만 아버지는 시설에 들어가기로 결정한 지 얼마 되지 않아서 한밤중에 넘어져 다치는 바람에 요추압박골절로 입원하게 되었다. 절대로 뼈가 부러지면 안 된다고 귀에 못이 박히도록 당부했건만 갑작스러운 사고를 막지 못했다.

나보다 더 힘든 사례가 있겠지
하고 생각하지 않는다

◆   부모 돌봄과 관련해 일어나는 사건을
뉴스에서 접할 때마다 왜 혼자서 돌봄을 떠맡았는지, 돌봄을 대
신할 수 있는 사람은 없었는지 늘 궁금했다. 하지만 이제는 안
다. 잠깐이라면 몰라도 사실상 다른 누구도 돌봄을 대신하지 못
하는 상황에 처했기 때문이라는 것을 말이다. 평소 돌봄을 대신
해주겠다고 말하는 사람 중에 실제로 도와주는 사람은 드물다.

    그래도 다른 사람에게 도움을 좀 청하면 되지 않느냐고 누구
나 말한다. 정말로 그 말이 맞다. 하지만 그러면 좋겠다고 생각
해도 현실에서는 다른 사람이 대신할 수 없는 일이 있다. "자식
이 너만 있는 건 아니지?" "형제가 또 있지?" 주변 사람들은 그
렇게 말한다.

    그러나 실제로는 자식이라고 해서 똑같이 돌봄을 할 수 있는
건 아니다. 부모와 떨어져 살면 돌보기가 쉽지 않다. 해외에 있
다면 더욱 무리다. 돌봄을 하지 못하는 이유를 찾는 건 학부모
회 임원 선거 때와 흡사하다. 다들 임원이 하기 싫어서 서로 떠
넘기는 가운데 임원 자리를 맡지 않을 이유를 찾지 못한 사람이

결국 하게 되는 것을 보라. 그나마 통상 1년이 지나면 자리에서 물러날 수 있지만 돌봄은 그렇게 할 수가 없다.

'우리 아버지보다 훨씬 힘든 사례가 있겠지'라는 생각도 돌봄을 혼자서 떠맡게 했다. 내 경우, 낮에는 한시도 눈을 뗄 수 없었지만 밤에는 아버지 혼자 둘 수 있었고 아버지가 자리에 몸져 눕지는 않았다. 이 정도의 일로 돌봄이 힘들다고 하면 더 힘들게 돌봄을 하는 사람은 어떻게 생각할까를 떠올렸다. 또 아버지가 음식을 손수 만들지는 못해도 준비만 해놓으면 내가 옆에서 시중을 들어주지 않아도 혼자 먹을 수 있었다. 이렇게 생각하면 이 정도로 비명을 질러서는 안 된다고 생각했다.

하지만 실제로는 돌봄이 필요한 정도와 관계없이 돌봄은 어떤 경우에도 힘든 것이다. 돌아보면 그것을 솔직하게 인정해도 된다고 생각한다. 돌봄에서 다른 사람과 비교하는 것은 의미가 없다. 어떤 경우에도 각자 나름대로 힘들기 때문에 돌봄이 필요한 정도를 점수로 매길 수는 없는 것이다.

그러는 와중에 돌봄은 자신이 하는 수밖에 없다며 돌봄을 혼자서 떠맡는 사람이 있다. 우에노 지즈코는 《늙는 준비》에서 이를 '오기간병意地介護'이라고 했다. "오기로 간병할수록 완벽하게 최선을 다하려고 하여 스스로 부담을 가중시키는 경향이 있는 듯하다."

우에노 지즈코는 여성의 경우 '며느리' 입장에서 오기간병을 하여 자신을 옭아매놓고는 막상 친부모를 간병할 때는 그렇게 열심히 하지 않는다고 했다. 나 역시 아버지를 돌보며 오기로 버틴 적이 있었다. 성별이나 입장을 떠나 오기로 간병을 하는 사람은 적지 않을 것 같다.

간병 서비스를 이용하거나 시설에 부모를 맡기면 돈이 많이 든다. 또 타인이 돌보는 것보다 자신이 돌보는 게 낫다고 생각하는 사람도 있는데, 장기적으로 보면 쉽지 않은 일이다. 이는 흡사 자식은 세 살까지 남에게 맡기지 말고 부모가 봐야 한다는 믿음이 지금도 남아 있는 것과 비슷하다.

돌봄이 힘들다는 걸 몸에 사무치게 경험했으니 조금 심하게 말해도 허락해주기 바란다. 오기로라도 부모를 잘 돌볼 수 있으면 좋겠지만, 부모 돌봄을 혼자 떠맡았다가 어떻게도 하지 못하고 궁지에 몰려 포기하면 무책임하다는 비난을 면치 못할 것이다. 그런 식으로 돌봄을 내팽개치기 전에 일부라도 다른 사람에게 돌봄을 맡기거나 이용할 수 있는 간병 서비스를 찾아보았으면 한다.

분명 부모 돌봄은 자신이 당사자가 아니면 곁에서 보는 것보다 몇 배나 힘든 일이다. 하지만 돌봄을 피할 수 없다면 현실로부터 도망쳐서 괴로워하지 말고 최대한 편하고 즐겁게 했으면 한다. 자식은 부모에게 자기 사정만 밀어붙이거나 자유를 구속하고 불편함을 감당하라고 강요해서는 안 된다.

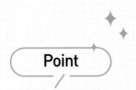

Point

다른 사람과는 다르게 부모와의 관계는 마지막까지 남는다.

오기 부리지 말고 다른 사람에게 도와달라고 부탁하자.

돌봄이 가족 관계를 악화시키는 것만은 아니다.

아 버 지 를   기 억 해

Chapter 2

기억을 잃은 아버지를
있는 그대로 받아들이기

아버지의 머릿속 기억 공간이
극도로 좁아져버렸다

◆　　　　　　치매란 간단히 설명하면 뭔가 작업을
할 때 책상 위의 공간이 좁아지는 상태라고 할 수 있다. 그래서
책 한 권을 펼치려고 해도 거기에 둔 것을 치우지 않으면 안 된
다. 공간이 좁아지면 지금 무슨 일이 있어도 필요한 것만 펼쳐
놓을 수밖에 없다보니 당장 필요하지 않은 것은 치우지 않으면
안 되는 것이다. 방금 일어난 일도 잊어버렸다는 건 작업할 수
있는 공간이 극도로 좁아졌다는 것을 의미한다.

치매만이 아니라 어떤 한 가지 일에 의식을 집중하면 그 외

나머지 일들은 잊어버리기도 한다. 뭔가를 골똘히 생각하는 경우에도 그러해서 튀김을 튀기다가 누가 집에 찾아와서 현관에 나간 사이에 튀김을 튀기던 것을 깜빡 잊어버려서 불이 나기도 한다.

이것이 잊어버린다는 것인데, 아버지를 보면 완전히 잊어버리는 것은 아닌 모양이다. 그렇다고 해서 잊어버린 게 아니라 원래부터 기억하지 않았다는 설명도 적절하지 않다. 왜냐하면 대개는 조금만 얘기를 해보면 생각해내기 때문이다. 다만 그렇게 해서 과거의 일을 기억해내도 그보다 우선해야 할 일이 있으면 다시 잊어버리는 것 같다.

동시에 여러 가지 일을 하지 못하게 되는 것과도 비슷하다. 컴퓨터를 쓸 때 대부분 여러 프로그램을 동시에 열어놓고 이리저리 돌려가며 작업을 한다. 이 경우, 프로그램을 돌려가며 쓰는 것뿐이지 다른 프로그램을 쓰기 위해 쓰던 프로그램을 종료하는 것은 아니다. 복수의 프로그램을 닫지 않고 필요한 프로그램으로 돌려가며 쓸 수 있으면 간단히 작업을 마칠 수 있다. 하지만 다른 프로그램을 쓸 때 쓰던 프로그램을 종료해야 한다면 귀찮기도 하고 시간이 걸린다. 아버지의 경우는 동시에 여러 프로그램을 가동하지 못하는 상태에 비유할 수 있다.

이렇게 생각하면 기억을 없애거나 기억이 사라진다기보다는 기억이 압축되는 것처럼 보인다. 그러면 작업 영역에 빈 공간이 생긴다. 기억은 지워진 게 아니라 그저 압축되어 있는 것뿐이라서 필요하면 다시 해동될 수도 있다. 작업 영역이 좁아져서 한 번에 많은 것을 기억하고 행동하기가 힘들어지면 큰 변화 없이 매일을 생활하는 것이 중요하다.

여기에서 말하는 변화란 4월이 되면 날씨 좋은 날에 가는 꽃놀이 같은 게 아니라, 아버지의 경우라면 전에 살던 곳에서 이사한다거나 입원하는 것과 같은 생활의 큰 변화를 가리킨다. 물론 부득의하게 입원하는 것이고 간병이 필요에서 새로운 지역으로 옮겨야 하는 경우도 있으므로 실제로는 변화 없이 생활하기란 불가능하다. 적어도 환경의 변화에 따라 많든 적든 부모가 혼란해할 수 있다는 건 알아둬야 한다.

환경의 변화는 아버지에게 새로운 상황에 적응하기 위한 지식을 요구하게 되었고 그로 인해 그때까지 기억했던 것까지 잊어버리게 되었다. 그렇게 해서 병원 생활에 겨우 익숙해졌는데 퇴원하자 이번에는 원래 생활에 적응하기까지 얼마간 시간이 걸렸다. 그렇게 생각하면 아버지가 퇴원했을 때, 이쪽으로 오면서 함께 살던 개를 까맣게 잊어버린 것도 설명이 된다. 입원하는 동안에는 병원에서 생활할 수 있게 집에서의 기억은 일시적으로 압축시켜서 옆으로 치워놓지 않으면 안 되었던 것이다. 퇴원 후에는 병원에 대해 잊고 이전의 일을 기억해낸다. 실제로 퇴원하고 한 달쯤 지나서 입원했던 병원에 진찰을 받으러 갔을 때는 입원했던 사실 자체를 완전히 잊어버렸다.

"잃어버린 기억 중에서 알아채지 못한 게 있을지도 몰라서 겁이 나"

◆   뇌의 기질적 장애로 지적 기능이 저하되는 치매가 생기면 일상생활이나 사회생활을 예전처럼 지속하기가 어려워진다. 이런 지적 기능의 저하, 인지 기능의 저하는 뇌의 기질적 장애가 기반에 있다. 실제로 뇌 전체 및 해마가 위축되어 있는 것이 CT와 MRI 등의 화상 진단에 의해 밝혀졌다.

치매는 뇌의 기질적 장애가 기반에 있어서 불가역적, 다시 말해 고치는 것이 어렵다고 여겨져왔다. 최근에는 회복하는 사례도 있음이 밝혀지고 있어서 아직은 이 질환에 대해 모르는 게 더 많은 것 같다.

치매는 기억장애와 방향감각장애 같은 증상의 총칭으로 일반화하기 어렵고 대처법도 사람에 따라 다르다. 기억장애, 방향감각장애와 같은 증상이 있어도 치매가 아닌 다른 질환일 수 있다. 다만 이 책에서는 그 미묘한 차이를 충분히 다룰 수가 없다.

아버지는 MRI 진단으로 알츠하이머 치매 진단을 받았다. 뇌경색의 흔적이 있었기 때문에 뇌혈관 장애에 의한 치매일 가능성을 배제할 수 없다고 나는 생각했다. 하지만 진단에 관해서는 전문가에게 맡길 수밖에 없다. 환시를 일으키는 루이소체 치매는 알츠하이머 치매와는 치료법이 다르다.

치매 증상은 주요증상과 이상행동증상BPSD으로 나눌 수 있다. 주요증상에는 특정 기관을 장기간 움직이지 않아서 생기는 장애를 가리키는 '불용증후군'이 포함되어 있다. 의학적으로는 기능이 저하되지 않았는데도 평소에 쓰지 않아서 기능 저하가 일어나는 경우다. 뇌경색 등의 마비로 인해 잠만 자는 생활이 계속되면 근력이 약해지는 것과 마찬가지로, 혼자서 살면 사람들과의 교류가 줄어서 인지 장애가 심해진다는 것이다. 이 경우 보호 센터 등을 이용해 사람들과 자주 교류하게 되면 증상이 개선되기도 한다. 그 외 주요증상으로는 기억장애와 방향감각장애가 있다.

　돌이켜 보면 아버지는 훨씬 전부터 건망증이 심해졌다고 호소했다. 하지만 나이가 들면 누구나 많든 적든 건망증이 심해지기 마련이어서 나도 아버지도 가볍게 생각했다.

　건망증은 생활에 지장을 일으키는 것을 본인이 깨닫고 대처를 한다면 병이 아니라는 식으로 설명된다. '병식病識', 즉 '스스로 병이라고 자각하는 것'이 있다. 아버지가 건망증이 심해졌다고 했을 때 나는 이렇게 말했다.

　"하지만 잊어버렸다는 걸 알고 있으니 괜찮아요."

　"그래, 그런데 어쩌면 그중에 알아채지 못한 게 있을지도 몰라. 그게 겁이 나."

아버지의 기억과 망각에는
나름의 원칙이 있었다

　　　　　　오자와 이사오의 《치매란 무엇인가》에서는 자신이 무엇을 알고 무엇을 모르는가에 대한 기억을 '메타 기억'이라고 한다. 치매는 메타 기억에 문제가 생겨서 일어나는 병이다. 뭔가를 잊어버렸다는 것, 잊어버린 것을 기억해내지 못하는 것조차 의식하지 못한다는 말이다. 그러면 기억장애가 일어나도 아버지가 전에 그랬던 것처럼, 더 이상 위기감을 느끼지 못하게 된다.

이후에도 아버지는 건망증에 대해 호소하며 잊어버리는 것에 난감해하면서도 잊지 않도록, 가령 노트에 적으라고 해도 영 습관을 들이지 못했다. "노트에 적어놔야지"라고 해놓고 다음 날이면 이미 잊어버렸다.

아버지를 보고 있으면 건망증이 정말 심해서 방금 전에 벌어진 일이나 자신이 했던 일을 금세 잊어버렸다. 그런데 잘 보면 기억과 망각에도 나름의 원칙이 있었다.

기억은 사건이나 지식을 기억하고(기명記銘), 그것을 잊지 않고 담아두며(보유), 담아둔 정보를 꺼내거나(재생) 생각해내는 (상기) 것으로 구분할 수 있다. 아버지의 경우 괴로운 일이나 부끄러운 일을 잊어버렸다.

아버지는 아내를 잃은 괴로운 기억을 머릿속에서 지웠다. 나의 어머니가 세상을 떠났을 때 아버지는 오십대 중반이었다. 아내 없이 살아가야 할 남은 시간이 절망스럽고 더 길게 느껴졌던 탓인지 아버지는 어머니를 전혀 기억하지 못했다. 아버지는 전쟁 중에 일어난 일은 기억하고 있었는데 어머니의 죽음이 전쟁보다 더 괴로웠던 것 같다.

아버지가 잊어버린 또 다른 기억은 부끄럽게 느꼈던 일에 대해서다. 아버지는 배변 활동에 어려움을 겪어서 일주일에 두 번 방문 간호를 받을 때 관장을 해야 했다. 관장이 끝나면 간호사는 따뜻한 물수건으로 시간을 들여 아버지의 몸을 깨끗이 닦아주었다. 하지만 아버지는 그 기억을 완전히 잊곤 했다. 심지어 아버지는 관장을 하는 동안 잠에 들지 않고 간호사와 이야기를 나누기도 했는데 말이다.

오전에 일이 끝난 뒤 간호사가 돌아가면 아버지는 그대로 잠이 들었다. 점심 시간이 되어 아버지가 잠에서 깨면 간호사가 왔었다는 사실이나 관장에 대해 뭐 하나 기억하지 못했다. 간호사가 왔다 갔다고 이야기하면 아버지는 그저 "그렇구나, 모르겠다"라고 대답했다. 한번은 아버지가 간호사에게 "관장할 때가 가장 괴로운 순간이오"라고 말하는 것을 들었다. 아버지는 생각해내지 못하는 게 아니라 생각해내고 싶지가 않았던 것이다.

드물게 어느 날에는 아버지의 배에 힘이 조금 풀렸는지 변이 저절로 새는 일이 있었다. 다행히 내가 아버지 곁에 있어서 뒤처리를 도와주었는데 아버지는 그 일을 정확히 기억했다. 간호사가 해주는 관장에 대해서는 까맣게 잊어버린 아버지가 내가 도와드린 일을 잊지 않은 것이다. 프라이드가 높은 아버지이기에 아들의 손을 빌리는 것을 견디기 어려운 일로 여기고 기억을 곧장 지우리라 생각했다. 그런데 그날 아버지는 이렇게 말했다.

"배에 힘이 없어서 저녁을 먹고 싶지 않구나."

내가 돌아가는 저녁나절이 되어도 잊지 않고 더는 내 도움을 받지 않으려고 저녁을 먹지 않겠다고 말한 것이다.

아버지는 기억을 지우고 있었지만 기억에 대한 논리가 마냥 두서없지는 않았다. 그런 점에서 아버지의 상태를 '기억장애'라고 말해도 되는지 의문이 들었다.

과거에 이미 일어났던 사건도
의미가 달라지면 바뀔 수 있다

✦　　　　　　　　기억과 망각은 치매를 앓고 있는 사람에게만 일어나는 일은 아니다. 인간은 누구나 의미가 부여된 세계에서 산다. 모든 것을 인지하고 기억하는 것이 아니라, 자신에게 의미가 있는 것만을 인지하고 기억하며 잊어버리는 것이다. 때로는 그 부여된 의미가 억지스럽다는 사실을 알면서도 자

신의 해석과 일치하지 않으면 보이지 않는 것인 양 할 때마저 있다.

　먼 과거의 일이든, 얼마 되지 않은 일이든, 무엇을 기억해내고 무엇을 기억해내지 않느냐는 지금 이 세계와 자신을 어떻게 보고 있느냐에 따라 스스로 결정한다. 이 세계를 위험한 곳으로 보고, 주변 사람을 위험한 인물로 보는 사람은 그 생각을 뒷받침하는 일만 기억해낸다.

　이미 혼자서는 살 수 없는 아버지와 앞으로 어떻게 생활할지 의논하기 위해 아버지에게 갔던 날을 똑똑히 기억한다. 하얗게 샌 머리에 꾸부정한 자세로 불안정하게 걷는 아버지는 과거에 힘이 있던 아버지와는 완전히 딴 사람처럼 보였다.

　젊고 강인했던 아버지에게 나는 크게 맞은 적이 있었다. 어린 내가 대체 무슨 말을 해서 아버지를 화나게 했는지는 기억나지 않는다. 하지만 너무 무서워서 책상 밑으로 도망친 나를 아버지는 기어코 끌어내서 한 번 더 때렸다. 그날 이후 나는 아버지가 무서워서 피해 다녔다.

　난감하게도 이 사건에는 목격자가 없다. 아버지도 아마 잊어버렸을 것이다. 그러자 정말로 그런 일이 있었는지 의심스러워지기도 했다. 그래도 내가 아버지에게 맞았다는 기억을 오래도록 잊지 않았던 이유는 그러한 일이 있어 아버지를 싫어하고 피하게 된 것이 아니라, 내가 아버지와 관계를 맺고 싶지 않아서 아버지에게 맞았다는 핑계로 그때의 일을 기회가 있을 때마다 생각해낸다는 것, 그것이 진실일지 모른다.

사람들은 과거는 변하지 않는다고 말한다. 하지만 과거도 변한다. 물론 이미 일어난 일을 없었던 일로 만들 수는 없다. 하지만 그 일에 대한 의미 부여가 달라지면 과거도 틀림없이 달라진다. 한 남성은 어린 시절 개에 물린 사고를 또렷이 기억하고 있었다. 그와 함께 있던 친구는 저편에서 달려오는 개를 보자마자 도망쳐서 물리지 않을 수 있었다. 그러나 그는 어머니의 말씀을 떠올리고 가만히 있다가 다리를 물리고 말았다. 그의 어머니가 개는 사람이 도망치면 쫓아가므로 가만히 있어야 한다고 그에게 알려주었던 것이다.

그 후 그는 이 세계는 위험한 곳이라는 생각에 사로잡혔다. 가령 신문에서 에이즈에 관한 기사를 읽으면 당장 감염될까 싶어 의심하고 두려워했다. 밤을 걷다가 비행기를 보면 추락할까 겁을 먹었다.

하지만 그는 개에 물려서 세계가 위험한 곳이라거나 어머니로 대표되는 타인의 말을 믿어서는 안 된다고 생각하게 된 것이 아니다. 세계는 위험한 곳이며 인간은 자신을 위험에 빠트리는 무서운 존재라고 '지금' 생각하고 있기 때문에 과거에 일어난 수많은 사건 중에서 그것을 뒷받침할 만한 일을 떠올린 것이 진실이다.

반대로 만약에 그가 '지금'의 세계와 타인에 대한 생각을 바꿀 수 있다면 그의 말도 달라질 수 있다. 개에 물린 사건만을 기억하고 있던 그가 어느 날 "잊어버렸던 기억이 생각났습니다"라며 뒷이야기를 전해주었다. 이야기 전체가 허구가 아니라면 현실 세계에서는 개에게 물린 지점에서 이야기가 끝날 리 없다. 그럼에도 그는 그 후에 일어난 일은 기억하지 못했던 것이다.

그 후의 이야기는 이렇다. 그가 개에 물려 울고 있을 때 자전거를 타고 지나가던 한 아저씨가 그를 병원으로 데려다주었다. 그리고 개에 물린 사건은 뒷이야기가 더해지면서 완전히 달라졌다. 개에 물렸다는 사실은 변할 수 없는 사실이지만, 새로운 사건이 더해지면서 이전과는 다른 의미 부여를 할 수 있게 된 것이다.

다시 말해, 비록 무서운 상황에 처하게 될지라도 나를 도와줄 수 있는 사람이 이 세상에 존재한다는 사실이다. 이는 이 세계와 타인에 대한 신뢰감을 나타낸다. 어떻게 그에게 이러한 변화가 일어난 걸까? 이유는 그의 생각이 달라졌기 때문이다. 세계는 위험한 곳이 아니며, 타인은 자신을 위험에만 빠트릴 사람들이 아니라 필요하면 도와줄 준비가 되어 있는 친구일 수 있다고 생각하게 된 것이다. 그는 자신의 이러한 생각을 뒷받침해줄 기억을 찾았다. 그리고 잊어버렸던 기억을 떠올렸다. 그 기억은 같은 사건을 완전히 다르게 볼 수 있도록 만드는 중요한 조각이었다.

이렇게 해서 과거는 달라진다. 인간은 세계와 타인에 대한 생각에 더하여 자기 자신에 대해서도 다양한 생각을 갖고 있다. 그리고 살면서 도저히 피할 수 없고 반드시 해결해야 할 과제가 있는데 이것을 '인생의 과제'라고 한다. 그런데 인생의 과제를 해결할 능력이 자신에게 없다고 생각하는 사람들이 있다. 인간의 고민은 모두 인간관계에서 비롯된 문제라고 해도 과언이 아니다. 인간관계는 어려운 문제다. 인간은 혼자서 살아갈 수 없다. 사람들과의 관계를 회피하려고 해서는 문제가 해결되지 않는다.

세계와 타자에 대해 어떻게 생각하는지, 스스로 과제를 해결할 능력이 있다고 보는지, 이 두 견해는 연결되어 있다. 왜냐하면 만일 주변 사람을 적이라고 생각하면 그와 관계를 맺으려고 하지 않을 테니 말이다. 이 세계를 위험한 곳이며 타인을 친구가 아닌 적이라고 생각하는 사람은 다른 사람과 관계를 맺지 않기 위해 그렇게 생각하는 것이다.

과거의 기억이 변하는 것과 관련하여 이러한 생각도 해두지 않으면 안 된다. 다른 도구는 마음에 안 들면 환불할 수 있지만 '나'라는 도구는 바꿀 수가 없다. 그래서 어떻게 해서든 지금의 나를 있는 그대로 받아들이면 좋겠지만 자기 자신을 무조건 좋아한다고 말할 수 있는 사람은 많지 않다.

어떤 순간에 자신을 괜찮다고 생각할 수 있을까? 소극적으로 말하자면, 이런 나라도 괜찮은 면이 있다고 생각할 수 있다면 (자신이 쓸모가 없는 사람이어서가 아니라) 누군가에게 도움이 되고 있다고 생각할 수 있는 순간이 아닐까. 그런데 주변 사람을 적으로 생각하는 한 도움이 되려고 하지 않을 것이다.

부모에 대해서도 만일 부모가 젊은 시절에 그렇게 생각하지 못한 채 나이가 들었다고 해도 적절한 지원을 받게 되면 타인을 바라보는 부모의 시선은 달라질 수 있다. 그때 과거의 기억은 개에 물렸던 사람처럼 변한다. 이 변화는 자식의 입장에서 보면 단순히 잊어버린 것처럼 보이겠지만 실제로는 자기 자신이나 타인, 이 세계에 대한 생각이 달라지면서 세계는 위험한 장소가 아니고 타인은 친구가 될 수 있다. 그리고 이러한 생각에 합치되지 않은 과거의 일은 '지금' 떠올리지 않아도 된다.

괴로운 일을 쉽게 잊을 수 있으면
마음이 편안해진다

철학자 쓰루미 순스케는 "망령妄靈, 늙거나 정신이 흐려서 말이나 행동이 정상을 벗어남을 통해 마음에 머무는 것을 신뢰한다. 망령은 여과기"라고 말했다.

아버지가 어머니를 기억하지 못하자 병원에서는 이를 여과가 적절히 되지 않은 상태라고 판단해 '기억장애'라 부르고 '치매'라는 병명으로 묶었다. 하지만 아버지는 괴로운 기억을 떠올리고 싶지 않아서 어머니를 기억하지 않는 것일 수도 있었다. 주변인들이 보기에 보통은 어머니와 살았던 기억을 잊을 리 없다고 생각하겠지만, 중요한 기억인데도 잊어버리는 이유는 그것이 자신에게 득이 된다고 아버지가 판단했기 때문이다. 어쩌면 이는 아버지에게 '좋은 일'이다.

괴로운 일을 쉽게 잊을 수 있다면 마음이 편안해질 수 있다. 하지만 실제로는 괴로운 기억은 좀처럼 잊히지 않는다. 언제까지나 잊을 수 없다면 삶이 괴로워진다. 그러므로 괴로운 일을 잊어버릴 수 있는 것은 치매가 가져다준 은총이라고도 할 수 있으리라.

물론 치매라고 해서 잊어버리기만 하는 것은 아니며 여과되지 않은 기억이 남아 있을 수도 있다. 아버지는 필요한 일이라면 바로 기억을 해낼 수 있다. 그럼에도 기억하지 않는 이유는 지금을 즐거운 마음으로 살기 위해서다.

최근에 아버지는 전에 살던 집을 자주 떠올렸다. 자세히 들어보니 아버지가 말하는 집은 아버지가 어린 시절부터 결혼하기 전까지 살던 친가였다. 아버지가 "그 집은 어떻게 됐다니?" 하고 묻기에 "그 집은 없어졌어요"라고 사뭇 애석한 표정으로 대답을 했다. 아버지는 집과 주변 풍경을 깜짝 놀랄 만큼 자세하게 기억하고 있었다. 그 시절의 일이라면 기억을 해도 좋다고 생각했으리라. 그런 시절도 있었구나, 하고 추억할 수 있는 나날이 있다는 것은 아버지에게 행복한 일일 테다.

아버지는 과거를 다 잊고
처음부터 다시 시작하고 싶다고 말했다

✦　　　　　　단기기억과 장기기억은 시간축을 기본으로 하는 기억의 구분이다. 단기기억은 '분' 단위의 기억이다. 단기기억과 장기기억의 중간에는 몇 분에서 며칠까지의 기억인 유사기억을 넣기도 한다. 아버지는 집에 오는 방문 간호사는 물론 돌보미 선생님도 전혀 기억하지 못했다. 돌보미 선생님은 청소와 식사 준비를 하고 아버지가 식사할 때는 이야기를 함께 나누기도 했으나 이 한두 시간 동안의 기억은 돌보미 선생님이 인사를 하고 돌아가면 아버지의 기억에서 지워졌다.

장기기억은 단기기억과 시간을 초월한 기억이다. 치매가 생기기 이전의 기억은 유지되는 반면 이후의 기억은 장애를 받게 되는데 아버지가 어머니를 기억하지 못하듯이 치매 이후에만 영향을 주지는 않는 것 같다. 장기기억은 '진술적기억'과 '비진술적기억'으로 나뉜다.

진술적기억은 '일화기억'과 '의미기억'으로 나뉜다. 일화기억은 언제 어디서 무엇을 했는지에 대한 기억으로, 일화기억의 장애로 치매가 시작되는 사례가 많다고 한다. 의미기억은 단어의 의미와 사실, 개념에 관한 기억이다. 가령 열쇠 또는 열쇠라는 단어를 가리키며 그 용도 등을 물을 때 올바로 대답할 수 있으면 의미기억이 유지되고 있다고 할 수 있다.

비진술적기억은 언어에 의하지 않은, 몸에 밴 기억을 가리킨다. 귀신같은 칼 놀림으로 채소를 다지거나 바느질을 하는 것이 대표적인 예다. 치매라고 해도 비진술적기억은 남을 수 있다. 아버지는 만년에 시작한 그림에 제법 애착이 있어서 그림 그리는 법을 기억하고 있었다. 그림을 그리면 단색으로 마구 칠하지 않고 몇 종류나 되는 색을 촘촘하게 나눠서 칠했다. 아버지는 시설에 들어가고 난 다음에도 그림을 그렸다. 도안을 따라 색칠하는 것에 그치지 않고 사진을 보고 열심히 그림을 그렸다. 하루는 내가 찍은 새 사진을 갖고 갔더니 아버지는 "어려워 보이지만 못 그릴 것도 없지"라며 새의 윤곽을 그대로 따라 그렸다. 그림 오른쪽 아래에 로마자 필기체로 쓰인 아버지의 사인을 본 적도 있다. 아버지의 그림을 집에 있을 때보다 필치가 더 선명했다. 아버지가 치매 검사를 받을 때 그림을 서툴게 그리던 사람이 그린 것이라고는 믿을 수 없을 정도였다.

마르그리트 유르스나르는 《하드리아누스 황제의 회상록》에서 우리가 잠이 들 때 안심하는 이유는 잠에서 깰 때 이전과 다

르지 않은 상태로 나온다는 사실을 알고 있기 때문이라고 말한
다. 그리고 꿈의 자취를 잠에서 가지고 돌아오는 것은 금지되어
있다고 밝힌다.

그런데 아버지는 잠에서 깰 때 꿈의 자취를 가지고 돌아왔
다. 어느 날, 아버지가 말했다.

"꿈을 꿨어. 꿈인지 현실인지 모르겠구나. 정말로 요즘에 머
리가 이상해진 게 아닌가 싶다."

아버지는 꿈과 현실을 구별하지 못하겠다고 말했지만 보통
은 꿈인지 현실인지를 모르지는 않는다.

"대체 어떤 꿈인데요?"

"교토였던 것 같아. 우리 집은 저기 두 갈래 길에서 왼쪽으로
돌면 나오는 곳에 있다는 걸 아는데 친하게 지내던 전파사 부인
이 굳이 나와서 내 상태가 이상하다면서 바래다주겠다며 차를
보낸다는 거야……

아무튼 집에 돌아왔을 때, 꿈에 자주 나오는 사람이 있는데
누군지 모르겠어, 옆얼굴만 살짝 보이는데 자꾸만 나더러 여기
는 당신 집이 아니야, 돌아가라고 그러는구나."

아버지가 우리 집 쪽으로 돌아오고 나서 반년이 지났을 무렵
의 일이다. 어느 날 아버지는 내게 이런 얘기를 했다. 몸이 아

파서 입원한 뒤 퇴원했을 때 전에 어디서 살았는지 잊어버렸다. 그 뒤 조금 안정이 되자 옛날 일이 조금씩 기억난다고 말이다.

하지만 과연 잊어버린 것을 기억해내는 것이 아버지에게 행복한 일인지는 당장은 알 수가 없다. 그러던 중 아버지와 오래 이야기를 나눌 기회가 있었는데 아버지는 이렇게 말했다. "(꿈속에서) 누가 '부인인가요'라고 묻기에 슬쩍 얼굴을 봤는데 글쎄 잘 모르겠더구나." 어머니를 기억하지 못하다니 참 씁쓸한 일이라고 아버지는 말했다. 그렇지만 어떻게든 기억해내고 싶다고는 하지 않았다. 오히려 그 반대였다.

"잊어버린 건 어쩔 수가 없지."

그리고 이렇게 덧붙였다.

"이제 과거는 다 잊고 처음부터 다시 시작하고 싶구나."

포기가 아니다. 잊었다고 해도 의미 없이 잊었음은 아니다. 아버지의 입장에서 과거를 기억하지 못해서 오는 두려움이란, 다름 아닌 지금 자신이 잊어버린 그 일이, 과거에 자신이 적절하게 행동했는지를 생각했을 때 생기는 두려움이다.

나는 아버지가 돌아온 집에서 자랐는데 아버지는 기억하지 못했다. 옛날 일을 들어도 마치 전생의 이야기를 듣는 기분이리

라. 전생에 당신이 누구였다고 해도 말해줘도 그 이름을 가진 사람과 자기 사이에 어떤 이어짐도 느끼지 못할 것이다. 그것을 증명할 사람이 아무도 없다. 지금의 인생에 대해서라면 설령 기억을 잃고 과거의 일을 거의 잊었다고 해도 증인은 있다. 아니면 스스로는 기억하지 못해도 잃어버린 과거의 자신에 대해 알고 싶을 것이다. 하지만 아버지는 아닌 것이다. 어머니와 이 집에서 살았다고 말해줘도 역사 교과서를 읽는 기분이리라. 교과서에 실린 이야기가 자신과는 관계가 없어서 상상력을 발휘하지 않으면 아무런 감개도 느낄 수가 없을 것이다.

아버지뿐만이 아니다. 아버지라는 내 인생의 증인을 잃은 나도 과거의 일부를 잃은 것이다. 어린 시절, 아버지가 나고 자란 친가에 갔을 때 벌에 쏘인 적이 있었다. 그런데 이제 아버지가 그 일을 기억하지 못함으로써 나는 정말로 그런 일이 있었다고 단언하지 못하게 되었다.

부모가 과거를 잃은 모습을 보기가 왜 괴로운가 하면, 부모가 가진 기억의 소실은 그저 부모만의 문제가 아니기 때문이다. 부모와 함께 걸어온 역사, 그리고 그 안에 살았던 나라는 존재까지 함께 소실되는 것 같은 기분이 들기 때문이다.

부모는 자식과 관계를 유지하고 싶어서
안 좋은 기억을 쉽게 잊어버린다

아버지와 나는 종종 말다툼을 벌였다. 언제나 사소한 일이 계기였지만, 그때의 불쾌한 기분은 오래도록 가시지 않았다. 그런데 아버지는 그렇게 싸우고 나서 언제 그랬냐는 듯이 바로 잊어버렸다. 과거에 일어난 일도 다르지 않아서 내가 언제까지나 잊지 못하는 일을 아버지는 전혀 기억하지 못했다.

자식에게는 중요한 일을 부모가 잊어버리는 이유는 아이와 좋은 관계로 남고 싶은 마음 때문이다. 자식은 부모와 어떤 일이 있어서 용서를 하지 못하고 좋은 관계를 맺지 못하는 게 아니다. 자식이 부모와 좋은 관계를 맺지 않겠다고 먼저 결심을 하고 이를 뒷받침하는 사건을 과거의 기억 속에서 찾아내 결심을 굳히는 것이다.

반면 부모는 자식과의 관계를 망치고 싶지 않다. 그래서 과거에 일어났거나 현재에 일시적으로 불쾌한 일이 일어나도 바로 잊어버리려 하는 것이다. 그 목적은 다름 아닌 자식과의 관계를 유지하기 위해서다.

부모자식만이 아니다. 관계를 유지하고 싶은 쪽은 쉽게 잊어버리려 하지만, 관계를 멀리하고 싶은 쪽은 쉽게 잊지를 못한다. 그렇다고 나한테 그렇게 하다니 너무 억울하고 슬퍼서 참을 수 없다며 상대가 잊어버린 기억을 굳이 상기시킬 필요는 없다. 부모는 물론 누군가와 좋은 관계를 맺고 싶다면 언쟁을 벌이지 않으면 좋겠지만, 나 역시 매번 감정적이 되지 않는다고 단언할 수 없으므로 순전히 상대만을 탓할 수는 없다.

우리의 삶은 수많은 기억들이 거대한 맥락으로 연결되어 있다

치매의 핵심 증상인 기억장애와 어깨를 나란히 하는 또 하나의 장애가 방향감각장애다. 방향감각장애는 지금이 언제인지, 여기는 어디인지, 이 사람은 누구인지에 관한 인지에 장애가 생기는 증상을 말한다.

누구나 시공을 여행한다. 아련히 깊은 생각에 잠길 때면 자신이 지금 어디에 있는지 잊어버리기도 한다. 하지만 누군가 자신을 부르면 순식간에 자기만의 세계에서 현실의 세계로 돌아온다. 한밤중에 문득 잠에서 깼을 때도 여기가 어딘지 나는 누군지 몽롱한 상태를 경험하기도 한다.

그러나 이윽고 현실 감각은 되돌아온다. 일시적으로 혼란을 느껴도 큰일은 일어나지 않는다. 그러나 아버지에게 이것은 어려운 듯 보인다. 어디에 있는지 모르면 그대로 움직이지 않고 가만히 있으면 좋으련만 아버지는 그 자리에서 가만히 있지를 못한다.

처음 이 일이 일어난 시기는 아버지가 입원해 있을 때였다. 아버지는 병실에서 나갔다가 다시 돌아오지 못했다. 일시적이긴 했지만 누이동생이 누구인지도 몰랐다. 어느 날, 아버지의 누이동생이 찾아와 아버지와 담소를 나누고 있었을 때였다. 누이동생이 잠시 자리를 비운 사이에 아버지는 진지한 얼굴로 내게 물었다.

"그런데 쟤는 누구니?"

한번은 아버지가 나를 보고서도 "오 이게 누구야? 오랜만이네!"라고 말해서 놀래기도 했다. 아버지는 내 아내가 누구인지도 알지 못했다. 주말에 간병하는 아내를 보고 '마음씨가 고운 사람'이라고 말하기도 했다. 아버지는 내가 결혼한 사실도 기억하지 못했던 것이다.

"너 결혼은 했니?"

"왜 그런 걸 물어요?"

"결혼을 안 했으면 내가 눈을 감을 수가 없어서 그런다."

그 순간 나는 이미 결혼을 했다고 말했다가 아버지가 너무 놀라서 쓰러지기라도 하면 어쩌나 싶어 어떻게 말해야 할지 고민하다가 아무 말도 하지 않았다.

그렇다고 이런 일이 그리 큰 문제가 되지는 않았다. 상황을 설명하면 아버지는 순순히 "그래"라고 수긍을 했으므로 그 이상 문제가 되지 않았다. 감각장애 이런 것도 문제는 아니었다. 내가 받아들이는데 시간이 걸렸던 것은 다름 아닌, 아버지가 지금 자신이 처한 상황을 이해하지 못한다는 사실이었다.

아버지는 내가 대학원을 마친 뒤에도 취직하지 않은 것을 보고 크게 화를 낸 적이 있었다. 그런데 요즘은 매일 아버지에게 가서 오후 내내 함께 있어도 내가 뭘하고 지내는지 별 생각이 없어 보였다. "내일 또 올게요"라고 말하고 돌아갈 때면 아버지는 "잘 부탁하네"라고 말해주었다.

그런 아버지의 모습을 보면 당신이 이제 혼자서는 생활할 수 없다는 것, 식사 준비 등을 누군가 대신하지 않으면 안 된다는 것, 아들인 내가 그 역할을 하기 위해 바깥일을 제한적으로 하고 있다는 사실에 대해 전혀 이해하지 못하는 것처럼 보였다.

　　아버지에게 이러한 상황을 이해해달라고 부탁한들 소용없는 일임을 알고 있었다. 그리고 내가 아버지를 돌보고 있다는 사실을 당신이 알아주고 고마워해주길 바라는 마음도 아니었다. 다만 나는 아버지가 조금이라도 당신의 상황을 이해했으면 하는 마음이 간절했다.

　　하지만 우리가 살아가는 데 있어 이러한 맥락이 얽혀 있다는 사실을 아버지가 더 이상 이해할 수 없다고 인정해야만 했을 때, 아버지가 방금 전 일어난 일을 잊어버려도 문제없이 대화를 나누던 순간 아버지의 병이 얼마나 위중한지에 생각이 미치면 갑자기 마음 저 멀리 깊은 곳에서 탄식이 새어 나왔다.

안갯속의 꿈같은 세계와
안개 밖의 불안한 세계에서

　　　　　　　아버지는 대개 안갯속에 사는 것 같았고 그 안개 밖에 다른 세계가 있는 것도 잘 모르는 듯했다. 평소에는 꿈속에서 사는 것처럼 보였는데 컨디션이 좋으면 갑자기 잠의 세계에서 빠져나왔다. 그렇게 각성을 할 때면 별안간 불안해졌다. 느닷없이 아버지가 통장을 가져오라고 말하는 것이다.

계기는 이렇다. 머리카락이 자라서 이발을 하러 가야겠다는 생각이 들면 돈이 떠오르는 것이다. 아버지가 돈 관리를 하지 못하게 된 것이 혼자 사는 것을 단념시킨 이유 중 하나였는데, 이후에는 내가 돈 관리를 해서 아버지가 통장에 대해 물으면 깜짝 놀랐다. 아버지는 컨디션이 좋고 날씨가 좋으면 "잠깐 이발 하고 오마"라고 말했다. 빈혈로 금세 숨이 차서 오래 걸을 수 없고 어디서 이발을 해야 하는지도 모른다. 주머니에 돈도 없다. '아버지, 이발소를 어떻게 가요. 지금 돈도 없잖아요'라고 내가 말하면 아버지의 의식에서 돈이 떠올라 통장에 대해 묻는 것이었다.

평소에는 아버지가 자신의 생활 기반에 대해 이해하거나 의식하지 않았지만, 혼자서는 살 수 없고 돈 관리도 못한다는 사실이 문득문득 아버지를 괴롭히는 것 같았다. 그런 현실에 직면하느니 차라리 모르는 게 나을지도 모른다.

하지만 앎이란 본래 괴롭다. 병이 회복하면 새로운 고통이 시작된다. 부모를 돌보는 사람은 그 모습을 보면 난감한 기분이 든다. 현실과 직면했을 때 괴로워하는 모습 역시 회복의 일종으로 보는 것이 좋을지 모르겠다.

철학자이자 작가인 아이리스 머독의 남편인 존 베일리는《아이리스》에서 아내의 만년을 그렸다. 아이리스에게는 일흔여섯의 나이에 알츠하이머가 닥쳤다.

"알츠하이머는 살며시 퍼지는 안개처럼 주변의 모든 것을 지워 없앨 때까지 거의 알아차리지 못하는 병이다. 그 후 안개 밖에 다른 세계가 존재한다고 믿을 수 없게 된다."

이 책에는 뇌 작용에 강한 자극을 주는 약의 효능은 극히 일시적이라서 약효가 도는 짧은 순간에도 환자를 혼란시키고 공포감마저 심어준다고 쓰여 있다. 그 약이 아버지가 복용하는 약인지는 모르겠지만 약이 아니어도 오래된 앨범을 보여주거나 과거의 일을 기억하게 하려는 시도가 치매가 있는 사람에게 좋은지 어떤지는 판단하기 어려운 문제다. 약효 때문이 아니어도 어떤 사건을 계기로 불가역적인 질환이 일시적으로 개선될 수 있다는 것을 아버지의 모습을 보고 알았다.

어느 날, 아버지는 최근의 불안을 애절하게 호소하는 글을 밤사이에 써놓았다. 내게 "읽어다오"라며 한밤중에 쓴 글을 보여주었다. 노트 한 페이지에 현재의 불안을 절절이 호소한 글이었다. 글자를 읽기 어렵고 의미가 잘 연결되지 않는 부분도 있었으나 나는 종이에 긴 글이 쓰여 있다는 사실 자체가 놀라웠다. 아버지는 이제 글을 쓸 수 없다고 생각했기 때문이다. 아버지는 늘 안갯속에 있어서 안개 밖에 다른 세계가 있다는 사실조차 알지 못한다. 그런데 이 글을 썼을 때에는 안개가 걷혔나보다. 아버지는 불현듯 잊고 있던 과거와 외부 세계를 엿보고 강한 불안에 사로잡힌 것이다. 친구와 이야기하고 싶은데 휴대전화가 어디 있는지 몰라서 아쉽, 배가 고파도 돈이 별로 없어서 먹지 못한다고 아버지는 썼다.

아버지가 집으로 돌아온 뒤 휴대전화를 없앴기 때문에 이전에 어울려 지내던 사람들과의 연락은 끊긴 상태였다. 아버지는 그것에 대해 특별히 어떻게 하고 싶다거나 해달라고 말하지 않았다. 이따금 생각난 듯 "(한밤중에 무슨 일이 있을 때) 너한테 연락이 되지 않으면 곤란해"라고 말했다. 한밤중에 긴급히 연락할 일이 생기지 않도록 정기적으로 의사가 왕진을 오고 일주일에 두 번씩 간호사가 방문한다고 설명했지만 아버지를 납득시킬 수는 없었다. 실제로 아버지가 우려한 대로 한밤중에 뼈가 부러져 골절상을 입는 일이 있어나기도 했다.

아버지가 시설에 있는 지금은 안심이지만 아버지는 이따금 무슨 일이 생기면 어쩌느냐며 불안에 떨었다. 아버지의 불안은 안개가 걷힐 때 살짝 보이는 정도였으나 나는 그 불안에서 한시도 자유롭지 못했다. 일단 사고가 일어나지 않도록 방법을 강구해야 했지만, 부모가 안개 밖 세계를 보고 괴로워하더라도, 그 모습을 지켜보는 일이 자식에게는 힘든 일이더라도 부모 스스로 견디는 수밖에 없다. 물론 얘기를 들어주면 불안이 조금은 안정이 된다. 다만 안개 밖에 있는 세계를 보는 동안에는 불안이 요동칠 수밖에 없는 일이라서 그것을 쉽게 멈출 방법을 찾기는 어려웠다.

자신이 '하고 싶은 것'과
'할 수 있는 것'에 틈이 생기면

치매의 이상행동 증상은 다음과 같다. 예를 들어, 물건을 어디에 두고 깜빡 잊어버리고서 누가 훔쳤거나 숨겼을 거라는 '망상', 배우자가 바람을 핀다거나 존재할 리 없는 사람이 함께 산다는 '억측', 목적 없이 어떤 곳을 계속 어슬렁거리는 '배회', 자신의 변을 문대는 '농변', 그리고 타인에 대한 '공격'이다.

이러한 증상은 기억장애나 방향감각장애라는 주요증상에 심리적, 상황적 요인이 더해져 이차적으로 생성된다. 물건을 어디에 뒀는지 잊어버려 찾는 동안 도둑맞은 게 분명하다고 굳게 믿게 되는데 치매가 있다고 모두 이러한 망상에 사로잡히지는 않는다. 주요증상은 있어도 이상행동증상이 나타나지 않거나 정도가 그렇게 심하지 않은 사람도 있다. 아버지는 나에게 감정적으로 화를 낸 적은 있지만 이상행동증상은 없었다 해도 과언이 아닐 정도로 빈도가 높지 않았다.

간병을 하는 사람이 지치는 건 오로지 이상행동증상 때문이다. 이상행동증상을 고칠 수 있다고 전문가는 말한다. 몇 가지 증후군을 제외하고 기질성 부분, 뇌장애로 인해 발생한 증상은 고칠 수 없어도 이상행동증상은 고칠 수 있다는 것이다. 가령 건망증은 고칠 수 없어도 물건을 도둑맞았다는 망상은 고칠 수 있다. 이상행동증상이 두드러지게 나타나는 사람과 그렇지 않은 사람이 있는데, 이 차이는 어디서 비롯되는 것일까.

오자와 이사오는 이상행동 증상이 나타나는 이유에 대해 '하고 싶은 것'과 '할 수 있는 것'에 틈이 생기면 보통은 둘 사이를 절충해 자기 분수에 맞게 살아야 하는데 치매를 앓으면 그것이 어려워져 불안, 곤혹, 짜증, 혼란의 감정이 일어나기 때문이라고 설명한다. '하고 싶은 것'과 '할 수 있는 것'에 간극이 벌어지면 이를 '열등감'이라 한다. 간극을 없애는 것이 능사는 아니다.

물론 간극을 메우기 위해 조치를 취해야겠지만 완전히 없애버리려는 것은 잘못된 생각이다. 행동을 제한하거나 향정신제를 과도하게 투여하는 방법은 더욱 그렇다. 그 이유는 인간은 '할 수 있는 것'만 하며 살아가는 존재가 아니기 때문이다. 지금은 하지 못해도 언젠가는 할 수 있기를 바라는 마음이 삶을 풍요롭게 만들고 살아갈 힘을 준다.

그런데 부모가 위험한 일을 하지 못하도록, 부모가 실제로는 할 수 있을지도 모르는 일까지 제한해버린다. 아이와 부모는 다르다. 아이가 자전거를 타다가 넘어져도 부모는 냉정할 수 있다. 오늘 넘어졌지만 내일은 넘어지지 않을 수 있기 때문이다. 하지만 부모의 경우는 반대다. 오늘 할 수 있는 일을 내일 하지 못할 수도 있다. 머지않아 할 수 있으리라는 믿음을 가질 수 없다. 게다가 위험이 뒤따른다. 넘어져서 골절상이라도 입으면 부담이 늘어나기 때문이다.

아버지가 갑자기 걷고 오겠다는 말을 꺼냈을 때 자리보전하고 눕고 싶지 않아서 그렇다는 것을 알고 있었다. 그래서 나는 아버지한테 빈혈과 심장 질환이 있어 오래 걷지는 못할 거라며 의욕을 꺾었다.

"뭐? 집 주변만 한 바퀴 돌고 올 거래두."

그럼에도 내가 말리자 아버지는 "그럼 같이 따라올래?"라고 권했다. 그래서 아버지를 따라 집 밖으로 나왔는데 고작 몇 분 만에 아버지는 "이제 됐어"라고 말했다. 그때 아버지의 표정이 너무 안 좋아서 이럴 거면 따라오지 말걸 그랬다고 생각했다.

아버지가 밖을 걷는다고 했을 때 서로에게 가장 기분 좋고 아버지도 납득하는 상황은 내가 군말 없이 동의하는 것이다. 아버지의 병을 생각하면 오래 걷지 않도록 주의를 주는 건 군말이 아니다. 내가 따로 주의를 주지 않아도 실제로 걷기 시작하면 금세 숨이 차올랐다. 무리를 하려 하면 말려야겠지만 모처럼 부모가 걸으려고 하는데 의욕을 꺾을 필요는 없다. 아버지는 빈혈로 입원했을 때 재활 운동을 열심히 했다. 휴식 시간이 되면 잠시 쉰 뒤에 "다시 한 번"이라고 말하는 사람은 늘 아버지였다.

'하고 싶은 것'과 '할 수 있는 것'의 틈을 메운다는 것은 현재는 본인이 하지 못하지만 하고 싶은 것을 할 수 있게 되길 바라며 노력하는 것이다. 하고 싶은 것은 어디까지나 본인이 하고 싶은 것이어야 한다. 주변이 기대하는 것이 아니다. 살아갈 힘은 삶을 풍요롭게 한다. 그 힘을 어떻게 이끌어낼 수 있을까?

부모의 말이나 행동을
적절히 받아들이자

모든 언행에 대해 일반적으로 말할 수 있는데, 사람이 하는 말이나 행동은 이를테면 진공 안에서 이루어지는 것이 아니라 그것이 향하는 '상대'가 있다. 누구나 인간은 다른 사람에게 무시당하고 싶어 하지 않는다. 오히려 반대로 주목받기를 원한다. 자신이 무엇을 하든 항상 타인에게 주목받아야 한다고 생각하면 문제가 된다. 무시를 당할 바에야 다른 사람을 난처하게 만들어서라도 주목을 받으려 하기 때문이다.

관점을 달리하면 말과 행동은 상대가 어떻게 받아들이느냐에 따라 달라질 수 있다. 이에 적절히 잘 대응하는 방식이 있는가 하면 불난 곳에 기름을 붓듯 대응하는 방식도 있다. 부모의 말과 행동도 마찬가지다. 듣기에 거슬려도 덤덤히 받아들이면 부모의 태도는 달라진다.

부모가 느끼는 불안과 공포도 자식의 주목을 끌기 위해 지어낸 감정이다. 보통은 원인이 있고 거기에 따라 불안과 공포를 느낀다는 식으로 설명되지만, 그러한 감정을 호소하는 데는 달성하고 싶은 목적이 있어서 불안해하거나 두려워한다고 보아야 일어난 사태를 더 깊이 이해할 수 있다. 불안에 대해 말하자면 부모가 불안을 호소하면 간병인은 이를 무시할 수 없다. 이때 간병인의 주목을 받는 것이 불안이라는 감정의 목적이다. 주목을 받을 요량으로 불안해하는 부모에게 관심을 쏟는다면 부모가 불안을 잠재울 이유가 없을 것이다.

어느 날, 우울 상태에 있던 할머니가 내가 근무하던 의원에 진찰을 받으러 왔다. 대기실에는 같이 온 아들 내외가 걱정스러운 듯이 옆에 앉아 있었는데 진찰실에서도 함께 나란히 들어왔다. 할머니는 다행히 경과가 좋아서 날로 건강해졌고, 정기 검진일에 아들이 오지 않게 되었다. 할머니는 더욱 건강해졌고 며느리도 기다리는 동안 장을 보고 오겠다며 자리를 비웠다. 이제 할머니는 혼자 대기실에서 기다리게 되었다. 할머니는 몸이 약해진 자신을 아들 내외가 걱정해주어 내심 기뻤을지 모른다. 그런데 건강을 회복하자 가족의 관심을 받지 못하게 되었고 주목을 다시 받기 위해 넘어져 대퇴골에 골절상을 입게 되었다.

　　부모가 어떤 방식으로든 자식의 주목을 끌어야겠다고 생각
하면 문제 하나를 해결해도 또 다시 주목을 끌기 위해 뭔가 다
른 문제를 일으키게 된다. 그러므로 평소 부모가 이렇게 몸을
다치면서까지 불안과 공포를 호소하며 주목을 끌지 않아도 된다
고 생각할 수 있도록 관심을 보여야 한다. 문제가 되는 부모의
이상행동증상이 부정되거나 비판을 받으면 더 심해지는 이유는
당신이 부모의 말이나 행동을 적절한 방식으로 받아주지 않기
때문이다.

　　자신의 물건을 훔쳤다거나 숨겼다는 망상은 가족 중에서 대
개 며느리가 표적이 된다고 한다. 이에 대해 아버지의 방문 간
호사에게 물어보니 자주 듣는 이야기라고 말했다. 그는 차라리
자신이 이상행동증상의 표적이 되는 편이 낫다고 말해서 나를
의아하게 했다.

　　"간호사가 표적이 될 때도 있나요?"

　　"그럼요. 오히려 가족보다 간호사를 지목하는 편이 나아요."

　　물론 가족과 환자를 배려하는 간호사의 고마운 마음이지만,
난처한 입장에 처하는 것은 결코 기분 좋은 일이 아닐 것이다.

　　"환자의 상황을 이해하더라도 실제로 괴롭힘과 공격을 당하
면 너무 불쾌할 것 같아요."

"다행히 제복을 입은 동안에는 괜찮습니다."

간호사의 대답은 매우 놀라웠다. 간호사로서 전문성과 자부심이 크기 때문에 가능하다고 생각한다. 간호사의 말을 들으니 부모를 돌보는 가족에게도 제복이 있으면 어떨까 생각했다.

물론 아버지는 주변을 난처하게 만드는 말은 거의 하지 않았다. 하지만 나와 함께 있는 시간이 길어서인지 다른 사람들 앞에서는 점잖다가도 나하고만 있으면 감정적이 될 때가 종종 있었다. 우리가 함께 있는 시간이 길다는 이유는 핑계거리밖에 지나지 않았다. 나는 아버지와 낮에만 같이 있을 뿐, 한 집에서 하루 종일 얼굴을 보고 있어도 자식에게 감정을 드러내지 않는 부모도 있기 때문이다.

나는 아버지와의 관계에 문제가 있다는 것을 인정해야만 했다. 아버지와 나의 관계가 삐그덕거리기 시작한 것은 오래된 일이다. 우리가 같이 살던 시절부터 별일 아닌 일로 부딪히곤 했다. 아버지가 감정적으로 나오면 나도 가만히 있지 못했다. 아버지가 어머니와 누이동생이 아닌 나에게만 감정적으로 나오는 것이라면 괜찮다고 생각했다. 하지만 막상 그런 상황이 되면 그러려니 하고 넘어가기가 쉽지 않았다.

그래도 아버지는 내 앞이나 다른 가족들 앞에 있을 때 똑같은 아버지다. 그런 아버지를 감당하지 못하면 누가 간병을 대신해줄 수 있을까? 그렇다고 부모가 내 앞에서는 진짜 모습을 드러내고 다른 사람들 앞에서 조심스러워할 때 속마음을 억누르고 무리를 한다는 식으로 해석하면 좋지 않다. 오히려 부모에 대한 나의 태도에 개선의 여지가 있지 않은지 돌아볼 필요가 있다.

부모와 자식이 서로에게
감정적으로 대하는 이유는 무엇일까?

이상행동증상을 고치려면 부모를 대하는 태도가 중요하다. 어떻게 대해야 이상행동증상이 개선될지 알면 부담이 줄어든다. 물론 매일 아버지에게 가는 것이 큰 부담은 아니었지만 그로 인해 생각만큼 일을 못하게 되는 문제는 있었다. 이보다는 사소한 일로(아버지와 다르게 나만 그렇게 생각할지도 모르지만) 아버지를 자극하는 바람에 정신적 피로가 쌓여 한동안 마음을 추스르지 못하는 문제가 더 컸다.

사람들은 애정을 가지고 진심으로 다가가면 문제 행동은 억

누를 수 있다고 말한다. 그러나 어떻게 해야 애정을 가지고 진심으로 다가갈 수 있는지 구체적으로 배우지 않으면 통 알 수가 없다. 평정심을 유지하고 다정하게 부모를 대하는 것도 쉬운 일은 아니다. 부모의 언행에 자식이 울컥한 나머지 대들 때가 있다. 자식이 그렇게 나오리라는 것을 부모가 의도한 것은 아니어도 말이다. 부모는 자신이 무엇을 의도하는지 의식하지 못한 상태에서 말하고 행동한다.

부모의 그런 모습에 자식이 감정적으로 반응하면 부모는 감정을 끌어내는 식으로 자식의 주목을 끄는 데 성공한 것이다. 이상행동증상에는 넓은 의미에서 주변 사람의 주목을 끌려는 목적이 있다. 자식이 화를 내고 불안해하고 우울하고 절망한다면 부모가 그런 감정을 끄집어내서 자신에게 주목하길 바랐다고 할 수 있다. 여기에 주목하면 이상행동증상을 점점 더 멈추기 어렵다. 부모가 주목을 끌지 않아도 된다고 생각할 수 있도록 어떻게 도울 수 있을까?

가족이 부모의 행동에 짜증과 같은 감정을 표현하는 데는 분명한 목적이 있다. 대부분 부모의 언행에 원인이 있다고 하지만 그렇지 않다. 자식은 부모에게 어떤 행동을 그만두게 하고 싶어서 마치 야단을 치듯 큰소리를 낸다. 부모가 아이를 키울 때 뭔

가를 시키려고 감정적으로 큰소리를 내는 것처럼 말이다. 안타
깝게도 이러한 방식은 아이의 반발을 살 뿐 효과는 거의 없다.

물론 부모의 명령에 아이가 따를 수도 있다. 하지만 아이가
자발적으로 하는 것이 아닌 마지못해 하는 것뿐이다. 분노의 감
정을 표출하는 것은 얼핏 보면 효과가 있는 듯 느껴진다. 그러나
아이는 속으로 부모에게 반항을 할 기회를 끊임없이 엿보게 된
다. 반대로 부모도 마찬가지다. 자식이 화를 내면 부모가 한 발
물러날 수도 있다. 하지만 속으로는 다른 기회를 엿보게 된다.

첫째, 자식은 부모와의 권력 투쟁에 들어갈 때 감정적인 모
습을 보인다. 어린 시절에는 부모에게 지배를 받았으나 이제 부
모보다 우위에 서기를 원한다. 감정적인 모습을 보이면 부모의
행동을 바꿀 수 있다고 생각하고 부모를 자신의 지배하에 두려
는 것이다. 이를 위해 아주 사소한 일을 가지고도 부모와 권력
투쟁을 벌일 계기를 찾는다. 다툼의 이유는 무엇이든 딱히 상관
이 없다.

나도 아버지를 내 뜻대로 하고 싶을 때가 있었다. 그렇지만
아버지는 그 정도의 일로 수그러들 사람이 아니어서 같은 일을
되풀이하거나 나와 감정적인 충돌이 있어도 몇 분이 지나면 바로
잊어버렸다.

둘째, 자식은 원하는 것을 얻고 싶을 때 부모에게 극단적인 감정을 표출한다. 아버지에게는 미안한 얘기지만 언젠가 하루는 정말 쉬고 싶어서 아버지에게 괜한 일로 꼬투리를 잡은 적이 있었다. 차라리 솔직하게 그저 좀 지쳤으니 대신 좀 해달라고 누군가에게 부탁했다면 좋았을 텐데 이제 와서 생각하면 내가 너무 어리석었다.

부모에게 매일 휘둘리다 보면 어느새 몸과 마음이 녹초가 되곤 한다. 나는 아이가 어렸을 때 큰 소리로 야단친 적이 없었다. 그런데 부모에게는 참지 못하고 큰소리를 냈다. 그 순간 내 심장 박동이 급격하게 빨라지면서 혈압이 상승하는 것을 느낄 수 있었다. 화를 가라앉히고 집으로 돌아오고 나서도 기분이 좋지 않아서 다음 날 아내에게 아버지를 대신 좀 돌봐달라고 부탁할 정도였다.

그렇다고 오기로 아버지를 돌본 것은 아니다. 아무리 힘들어도 아버지가 꼴도 보기 싫다고 생각한 적은 거의 없다. 날이 덥든 춥든, 비가 오든 눈이 오든, 연휴든 기념일이든 쉬지 않고 나는 아버지를 뵈러 갔다. 아버지가 배를 곯지 않도록 식사를 준비하기 위해서였지만, 무슨 일이 있어도 아버지에게 가겠다는 처음의 굳은 결심이 나를 무리하게 부채질한 것도 사실이다.

그래서인지 온몸에 긴장이 잔뜩 들어간 나는 감기 한 번을 걸리지 않았다. 그런 내가 간병을 쉬고 싶었을 때 누가 봐도 어쩔 수 없는 상황을 만들고 싶어서 아버지에게 꼬투리를 잡고 분노의 감정을 지어냈던 것이다.

인간의 뇌는 몸의 일부이며
어디까지나 마음의 도구다

◆   치매는 뇌의 문제지만 거기서 그치지 않는다. 치매를 뇌의 병변으로 이해하는 것은 체감 온도를 무시하고 온도계 숫자만으로 날씨를 말하는 것과 같다. 오늘 날씨가 '정말' 춥다고 느낀 사람에게는 그 감각이 틀림없는 사실이다. 그에게 오늘의 온도를 알려주며 '정말' 추울 정도는 아니라고 한다면 어떨까? 날씨가 정말 춥다고 경험한 사람과 정말 추운 온도는 아니라고 말하는 사람이 있다면 나는 추위를 실감한 쪽의 손을 들어주겠다.

가끔가다 아버지는 정신이 아주 또렷해질 때가 있었다. 그때 아버지는 모든 것을 꿰뚫어보았다. 그래서 아버지가 병에 걸린

게 맞는지 의심스러운 순간이 몇 번 있었다. 그럼 이런 생각이 들었다. '아버지가 다 알 리가 없어. 잠깐 정신이 돌아왔지만 아버지는 사실 정말 아픈 사람이야.' 아버지는 진단상으로는 정말 아픈 사람이 맞다. 하지만 아버지가 정신이 아주 또렷해졌을 때만큼은 나는 아버지가 '정말' 아픈 사람이 아니라고 생각했다.

뇌는 우리 몸과 마음의 가장 중요한 도구 중 하나다. 그런 뇌에 약간의 문제가 생겨 말과 행동이 변했다고 해서 인격이 달라지는 것은 아니다. 예컨대 손이 마비되거나 묶여 있으면 손을 움직이지 못한다. 뇌에 어떤 장애가 생겨도 손을 마음대로 움직이지 못한다.

그럼 뇌의 결정에 따라 살아가는 우리 몸의 주인은 뇌인 걸까? 그렇지 않다. 뇌는 인간의 마음을 지배하지 못한다. 하나이자 전체로서의 '나'는 손을 움직이기 위해 뇌를 도구로 쓸 뿐이다. 그것을 판단하는 것은 인간의 마음이다. 뇌는 마음의 기원이 아니다. 따라서 몸이 마음을 지배하지 않는다.

생산성을 기준으로 가족의
가치를 매기지 않는다

✦   평소에 인간의 가치를 생산성으로 매기
는 사람, 생산적인 것이 유일한 가치라고 생각하며 살아온 사람
은 나이가 들어 아무것도 하지 못하면 서글픈 마음에 현실을 정
확히 보지 않기로 결심한다. 치매의 심리적 배경은 바로 여기에
있다. 따라서 나이든 부모를 돕기 위해서는 인간의 가치가 생산
성으로 매겨지지 않는다는 사실에 주목해야 한다. 비록 부모가
지금은 아무것도 하지 못한다고 해서 인간의 존재 가치가 평가
되는 것이 아니며, 인간이 인간으로서 '존재'하는 것 자체가 중
요하다는 사실에 공감하도록 돕는 것이다.

다치거나 병에 걸려 몸을 뜻대로 움직이지 못한 경험이 있는
사람이라면 안다. 몸을 움직이지 못하고 주변 사람에게 신세를
지는 상황에서 자신이 주변 사람에게 폐를 끼치는 사람, 가치가
없는 사람이라는 생각에서 벗어나기 위해서는 굉장한 용기가 필
요하다.

아버지는 "잊어버린 건 어쩔 수 없지"라고 말했다. 먼 과거의
일이라면 잊어도 그런가 보다 하고 포기할지 모른다. 하지만 어

디에 살았는지, 과거에 누구와 함께 살았는지 까맣게 잊어버리면 포기하기가 쉽지 않다. 그렇게 중요한 걸 잊어버릴 리가 없다는 생각이 앞서기 때문이다. 하지만 잊어버렸다는 것을 인정하면 문제가 없지만 인정하지 못하면 누군가가 훔쳤다는 망상을 지어내는 수밖에 없다.

점점 나이가 드는 부모를 이해하기 위해서는 노화에 대해 알아야 한다. 자식도 나이가 들면 노화에 대해 이해하기 쉽다. 나이가 들면 이가 약해지고, 용모와 안색이 시들어지고, 젊은 시절과는 달리 몸 여기저기가 아프기 시작한다. 건망증 역시 노화 현상의 하나다. 생산성에 가치를 두는 사람이 아니어도 일을 그만두면 활력이 떨어져 실의의 나날을 보내기도 한다.

특히 오랫동안 조직에 소속되어 살아온 사람은 퇴직 후 유유자적한 생활을 보내려고 기대했더라도 인생의 큰 위기에 직면하게 된다. 물론 요즘 시대에는 노후에 유유자적한 생활을 보낸다는 것도 쉬운 일은 아니지만.

학교에서 선생으로 불리며 평생을 살아온 사람은 퇴직 후 아무도 자신을 선생님이라고 불러주지 않으면 충격을 받기도 한다. 선생이라는 호칭은 교사라는 역할의 가면에 지나지 않지만,

가면이 사라진 현실을 인정하기란 쉽지 않은 일이다. 선생만이 아니라 누구나 늙으면 자신의 가치를 확신하기 어려워진다.

그래서 매사 푸념을 늘어놓으며 자신의 가치를 인정받으려고 하거나 손주를 돌보며 응석을 받아주거나 한다. 그런데 아이 부모의 입장에서는 응석을 받아주는 것이 고마운 일이 아니어서 또 그것으로 자신의 부모와 다투게 된다. 어떻게든 가족 안에서 자신의 자리를 마련하고 싶은 부모의 마음을 이해하려는 마음이 중요하다.

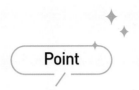

인간은 누구나 의미를 부여한 세계에 살고 있다.

존재 자체로 도움이 된다고 느낄 수 있도록 지원해야 한다.

생산성으로 인간의 가치를 매길 수 없다.

아 버 지 를   기 억 해

Chapter 3

부모라는 꽃에
변함없이 물을 주자

부모로부터 받은 모든 것을
자식은 결코 갚을 수 없다

◆   자식으로서 우리는 부모를 어떻게 대해
야 할까. 어떤 마음가짐으로 부모를 대하면 좋을까. 부모를 돌
보면서 느끼는 정신적 부담을 덜기 위해 보통 우리는 부모에게
받은 것을 되갚는 마음을 가지곤 한다. 하지만 그런 마음가짐
은 도움이 되지 않는다. 설령 부모가 자식에게 돌봐달라고 말했
다 해도 부모의 기대에 따를 수 있을지는 알 수 없다. 부모를 돌
보는 것은 자식이 부모에게 받은 은혜를 갚으려고 하는 것이 아
니다. 자식이 아무리 최선을 다해 부모를 돌본다 한들 부모에게
받은 것을 모두 갚을 수는 없는 일이다.

부모는 자식에게 자신이 베푼 만큼 돌려받기를 바라지 않는 다. 부모인 나도 그렇다. 부모가 언젠가 자신을 돌봐주길 바라 는 마음으로 자식을 키우던가? 설령 부모가 자식에게 일말의 기 대를 한다고 해도 자신의 뜻대로 자식이 따르리라고 생각하지 않는다.

그렇다고 해서 자식이 돌봄이 필요한 부모에게 아무것도 하 지 않는 것은 아니다. 자식은 부모에게 자신이 할 수 있는 일을 할 것이다. 할 수 없는 일이 있을 때는 솔직히 하기 어렵다고 확 실하게 선을 그을 줄도 알아야 한다. 상대가 부모라도 말이다.

어떤 사람은 부모를 돌보려면 집에서 해야 한다고 생각한다. 사람마다 다를 수 있겠지만 부모를 집에 모시는 것을 포함해 부 모에게 해야 할 일, 해주고 싶은 일 중에서 자신이 할 수 있는 일을 하는 것이 좋다.

부모가 자식에게 기대하는 모든 것을 충족시키기란 현실적 으로 어렵다. 자식으로서 부모의 기대를 충족시킬 수 있도록 노 력하면 좋겠지만 설령 못하는 일이 있어도 자신을 너무 탓하거 나 죄책감을 갖지 않는 것이 좋다.

부모와의 관계는 과거가 아닌
현재부터 다시 시작하자

◆   부모와의 관계가 좋으면 부모를 간병해
야 할 때 거부감이 적을 수 있다. 하지만 부모와의 관계가 좋다
고 말할 수 있는 사람이 얼마나 되겠는가. 부모와 자식은 함께
한 시간이 긴 만큼 오해와 갈등이 쌓이면서 복잡한 감정을 품게
된다. 부모에게 간병이 필요한 시기가 오면 자식은 이러한 감정
을 그대로 품은 채 부모와 다시 마주해야 한다. 부모가 과거의
일을 잊어버렸다고 해서 문제가 사라지지는 않는다. 부모에게
풀지 못한 앙금이 마음속에 남아 있는 자식은 부모가 기억을 잃
어버리고 나면 망연자실하게 된다.

과거의 기억을 잃어버린 부모는 단지 그 시간뿐 아니라 자신
의 원래 모습을 잃기도 한다. 어느 날 갑자기 다른 사람이 되는
것이다. 물론 이러한 변화가 부정적인 것만은 아니다. 온화하던
부모가 완전 딴 사람이 되기도 하지만, 강압적이던 부모가 온화
해지기도 한다.

부모가 나이 들고 병이 들어 겉으로나 정신적으로나 달라질
때는 앞으로 어떻게 지낼 것인지에 대해 마음을 정리하고 결정

을 내려야 한다. 확신하건대 과거에 머물러 있는 것은 큰 의미
가 없다. 부모와의 관계는 가능하면 '지금' 시점에서 다시 시작
하는 것이 좋다. 뒤돌아보면 부정적인 기억이 발목을 잡아서 그
무엇도 결정할 수 없어서 더욱 힘들어질 뿐이다.

또한 부모와의 관계에서는 처음부터 지키기 어려운 목표를
세우지 않는 것이 좋다. 인간은 과거를 떠올리면 후회하고 미래
를 생각하면 불안에 사로잡힌다. 예를 들어, 부모와 관계가 좋
지 않은데 갑자기 다정하게 잘 지내는 것을 목표로 한다면 금세
문제에 부딪혀 괴로워지기 쉽다. 처음에는 그저 별일 없이 지내
는 것을 목표로 삼는 것이 좋다.

원래 부모와 대화를 많이 하지 않고 한두 마디 시작하면 큰
싸움으로 번지기 일쑤였다면 부모와 갑자기 친밀해지기란 어렵
다. 우선은 지키기 쉬운 부분부터 시작해 관계를 조금씩 개선해
가면 좋다. 적어도 같은 공간에서 서로가 큰 불편을 느끼지 않
을 수 있도록 말이다.

아버지는 어머니를 잃고 한동안 나만 보면 트집을 잡고 훈계
를 해서 사람을 질리게 했다. 그때 내게 지금처럼 아이가 있었
다면 아버지와 부딪히는 것을 피할 수 있었을지 모르겠다. 아버

지와 나는 어쩌다 단 둘이 얼굴을 맞대면 사소한 일로도 분위기
는 당장 험악해졌다. 그래서 아버지와 다시 살게 되었을 때 내
가 다짐한 첫 번째 목표는 '오늘도 무사히'였다. 아버지와 무사
히 함께 지내는 것.

아버지가 아프기 전에 한번은 나한테 카운슬링을 받아보고
싶다고 한 적이 있었다. 그때 나는 아버지의 이야기를 한 달에
한 번 정도 들을 수 있었다. 아버지와 아들의 관계가 아닌 처음
으로 객관적인 관점에서 아버지를 바라볼 수 있었다. 아버지의
아들이자 혈기왕성한 젊은이가 아닌 나는 아버지와 약간의 거리
를 두고 짧지 않은 대화를 했다. 물론 우리가 그런 시간을 가질
수 있던 것은 다행이다. 그래도 부모를 가끔 만나는 생활과 매
일 오랜 시간 얼굴을 맞대야 하는 생활에는 차이가 크다.

아버지는 남은 생을 살고
나는 아버지와 남은 시간을 산다

◆   과거의 기억이 지워지고 간혹 딴사람이
된 듯 보여도 아버지는 나에게 영원히 '아버지'라는 이름을 갖는

다. 아버지의 뇌가 어떠하든 아버지는 남은 생을 살아낼 테고,
나도 아버지와 남은 시간을 함께 살아갈 것이다. 기억은 사라져
도 부모의 이름은 지워지지 않는다. 부모는 여전히 부모다.

　그럼에도 막상 달라진 부모의 모습을 목격하면 적잖이 놀랄
지 모른다. 인간이 인격을 갖춘 존재로 인정을 받으려면 생물학
적으로 인간이어야 하고 '자기에 대한 인식', 즉 '자의식'이 있어
야 한다. 인격의 충분조건에 대해서는 의견이 분분하다. 예를
들어, 수정란은 생물학적 인간이지만 자의식이 있는가 없는가는
의견이 나뉜다. 치매가 있는 사람도 자의식을 이유로 인격으로
인정할 수 없다고 말하는 사람도 있다.

　이와 함께 사회적 의미에서 인격이 성립되는 조건으로서 최
소한의 커뮤니케이션 능력을 꼽기도 한다. 그러면 치매가 있는
사람은 인격이 인정된다. 그러나 뇌사 상태에 있는 사람은 인격
이 인정되지 않는다. 하지만 뇌사 상태에 있는 사람을 가리켜
인격적 존재가 아니라고 한다면 과연 그의 가족이 받아들일 수
있을까?

　태동을 느끼는 어머니에게 태아는 단순히 물질이 아닌 하나
의 생명이자 인격이다. 내 어머니는 뇌사 상태에 있지 않았지만

뇌경색으로 의식을 잃어 자의식이 없었으며 최소한의 커뮤니케이션을 할 수도 없었다. 하지만 누군가 어머니더러 인격적인 존재가 아니라고 한다면 나는 절대 동의하지 않았을 것이다.

　모자를 쓴 사람이 모자를 벗어도 같은 사람이듯 자의식이나 커뮤니케이션의 조건과 상관없이 인간은 언제나 인격을 가진 존재다. 혼수 상태에 있다고 해서 인간이 물질이 되지 않는다. 치매든 뇌사든 그 무엇이든 우리는 같은 인격을 가진 인간이다.

　무엇보다 인간은 혼자서는 '인간'이 될 수 없다. 인간은 관계를 벗어나 혼자 살아가기 어렵다. 이미 세상을 떠난 사람도 누군가의 기억 속에 남아 있는 한 영원히 인격적 존재다. 나의 아버지 역시 한 인격을 가진 영원한 나의 아버지다.

꽃이 피지 않는다고
보살피기를 포기해서는 안 된다

　　　　　여름이 되면 무궁화는 매일 새로운 꽃을 피운다. 꽃이 활짝 피면 나는 아버지에게 말했다. "아버지, 무궁화가 피었어요!" 하루는 아버지가 아침식사 후에 잠이 들어

낮에 일어났을 때다. "아버지, 오늘도 무궁화가 피었네요!" 그러자 아버지는 이렇게 말했다. "그거, 어제 핀 거야."

아버지는 꿈속에서 시간이 빨리 지나간 모양이다. 오늘 핀 무궁화가 어제 핀 꽃이 되었으니 한 잠을 자고 나면 하루가 지나가는지도 모르겠다.

이렇게 기다리던 무궁화가 언젠가는 계절이 되어도 좀처럼 꽃봉오리를 틔우지 않아서 애를 태운 적이 있었다. 여름에 접어들고 더위가 찾아오자 꽃봉오리가 날로 자라기에 꽃이 피기까지 얼마 안 남았다고 생각했다. 그런데 아무리 기다려도 꽃은 피지 않았다. 그래도 나는 날마다 무궁화를 물을 주고 돌봤다. 그러나 가을이 되어도 꽃봉오리는 더 이상 자라지 않았다. 이제 무궁화가 시들고 만 것일까.

서글픈 마음에 매일 물을 주며 무궁화를 보살피던 어느 날, 드디어 꽃봉오리 하나가 맺혀 있는 것을 발견했다. 나는 감격해 마지 않았다. 시들어가는 줄만 알아서 서글펐던 무궁화는 그렇게 그해 첫 꽃을 활짝 피웠다.

'그래, 오늘 핀 꽃이 시들어도 내일이 오면 변함없이 꽃에 물을 주자. 꽃이 피어나서 돌보는 게 아니라 무슨 일이 있더라도,

설령 꽃을 피우지 못하는 날에도 돌보기를 멈추지 말자. 꽃은
결코 스스로 포기하지 않으니까.'

문득 아버지에 대한 내 마음도 한동안 꽃을 피우지 못한 무
궁화와 비슷하다는 생각이 들었다. 나는 의사로부터 아버지의
병을 고칠 수 없다는 말을 들었다. 꽃이 늦는다고 해서 이제 시
들 때가 되었다며 물을 주기를 멈춰서는 안 된다. 아버지도 시
들어가는 꽃처럼 나이가 들었지만 스스로를 포기하지 않을 것이
다. 나도 그런 아버지의 손을 놓을 수 없었다.

가족이 아프거나 사고가 생겼을 때는 무슨 일이 일어나도 당
황해서 주저앉아 정신을 놓고 있어서는 안 된다. 돌보고 지켜
야 할 이유에는 당연 '왜'라는 질문이 필요 없다. 오직 '어떻게'만
이 우리 앞에 놓인다. 어쩌다 병에 걸렸을까, 어쩌다 사고가 일
어났을까를 생각하면 다리에 힘이 풀리고 큰 충격을 받아 아무
생각이 들지 않겠지만 당신이 그러는 순간에도 상황은 결코 나
아지지 않는다. 그저 눈물을 닦고 빠르게 현실을 직시해야만 한
다. 당신의 가족이 포기하지 않고 새로운 꽃봉오리를 틔울 수
있도록 도와주어야 한다.

예측할 수 없는 사고가 일어나도
자신을 너무 탓하지 않는다

✦   그럼에도 막을 수 없는 사고는 곳곳에서 일어난다. 아버지는 다행히 혼자 걷는 데 문제가 없었다. 다만 혹시라도 넘어져서 골절상을 입지는 않을지 늘 걱정이 되었다. 병원이나 시설과 다르게 오래된 주택에는 곳곳에 문지방이 있어서 누구든 조심을 하지 않으면 넘어질 위험이 있다. 아버지 집에는 주방과 침실 사이에 문지방이 있어서 나는 아버지께 혼자서는 절대 주방에 들어가지 말라고 일러두었다. 그럼에도 아버지는 한밤중 잠에서 깨거나 아침 일찍 일어나면 주방에 들어가곤 했다. 특히 아버지는 식사 후 잠드는 습관이 있어서 주방에 혼자 있는 것이 더 염려가 되었다. 그래서 돌보미 선생님에게도 아버지가 식사를 마치면 침실로 들어가도록 한마디만 해달라고 부탁했다.

걱정거리는 문지방만이 아니었다. 아버지는 아침 일찍 일어나서 내가 집에 도착하기 전에 나가서 개를 산책을 시켰다. 주변에 차도 많이 다니고 위험하니 혼자서는 가지 말라고 주의를 줘도 아버지는 막무가내였다. 어느 날, 아버지는 창문으로 저만치 감나무 열매가 열린 것을 보고는 감을 따기 위해 집 밖으로 나갔고 결국 넘어지고 말았다. "길가에 차 세 대가 멈추고 사람들한테 도움을 받았어"라고 아버지는 말했다.

이런 일들이 겹치면서 너무 위험한 까닭에 아버지가 밖으로 나오지 못하도록 안에서 문을 잠그기로 결단을 내렸다. 물론 안에서 문을 잠그면 만에 하나 화재가 날 경우 도망쳐 나올 수가 없다. 하지만 아버지가 혼자서 밖에 나왔다가 사고가 나면 큰일 아닌가. 나는 아버지에게 밖에 혼자 나가지 않도록 신신당부를 했다.

"밖에 나가면 집에 돌아오지 못할 수도 있고 교통사고를 당할 수도 있으니 밤에는 집 안에만 있어요. 안 그러면 위험하다는 것을 잊고 밖으로 나갈 테니까."

그럼에도 아버지는 배가 고프다며 뭔가를 사려고 몇 번이나 밖으로 나가려 했다. 아버지는 나가지 못하는 것에 대해 항의를 하곤 했다.

"밖에 나가고 싶을 때 나갈 수가 없잖니."

이런 아버지를 보며 나도 이렇게까지 해야 하는지 혼란스러웠다. 들은 얘기로는, 문밖에 버팀목을 대놔도 어떻게든 밖으로 나가는 사람들이 있다고 한다.

아니나 다를까 어느 날 아침, 아버지가 갑자기 허리 통증을 호소했다. 상태를 좀 더 지켜보기로 한 다음 날, 아버지는 전날보다 통증이 더 심해져서 조금만 움직여도 아프다고 난리를 쳤다. 듣자하니 너무 아파서 한밤중에 문을 열고 지나가는 사람에게 구조 요청을 하려고 했단다. 그날은 마침 방문 간호사가 오는 날이었다. 간호사는 골절을 의심하고 주치의에게 왕진을 부탁했는데 통증의 원인이 '요추압박골절'로 밝혀졌다. 바로 구급차를 불러 아버지가 병원에 입원할 수 있도록 했다. 아무래도 밤사이에 넘어졌던 모양이다.

아버지에게 그렇게 주의를 줬건만, 나는 낙담해서 한동안 기운을 차리지 못했다. 마침 예상보다 빨리 요양 시설 입소가 결정된 시점이었다. 집보다 요양 시설이 안전 면에서는 더 나을 것 같았다. 사고가 일어나지 않도록 철저히 대비를 했는데도 피할 수 없는 것이 사고다. 부모를 돌본다면 이런 예측 불가능한 상황과 수없이 맞딱드리게 된다. 낙담해서 자신감과 용기를 잃지 않기 위해서는 자신을 너무 심하게 탓하지 말길 바란다.

이제 내가 아버지를 대신해
모든 것을 결정해야만 한다

어머니가 뇌경색으로 쓰러졌을 때의 일
이다. 처음에 집 근처 병원에서 검사를 받았는데 다행히 증세가
좋아서 그곳에서 계속 치료를 받기로 했다. 그러나 어머니가 한
달 후 다시 쓰러지면서 뇌신경 외과가 있는 병원으로 옮길지 말
지를 결정해야 했다.

나는 병원에서 아버지와 함께 어머니의 병원 문제를 논의했
고 우리는 병원을 옮기기로 결정했다. 아버지와 내가 병실에서
나가서 한동안 돌아오지 않자 어머니는 자신의 몸에 심상치 않
은 일이 벌어졌다는 사실을 눈치챘다. 어머니는 자신의 일인데
도 외부인 취급을 한다며 병실로 돌아온 우리에게 심하게 화를
냈다. 왜 그때 어머니의 생각을 묻지 않았는지, 지금도 어머니
의 속상한 표정이 떠올라 몹시 후회가 된다.

병원을 옮기고 나서 어머니의 병은 급격히 악화되었다. 결
국 어머니는 의식을 잃었고 그렇게 어머니의 마지막 2개월의 시
간이 지났다. 중간에 의사가 수술을 제안했지만 의식을 잃은 어

머니에게 수술을 받아야 할지를 더 이상 물을 수 없었다. 책임을 떠안고 싶지 않다는 의미가 아니다. 환자 본인의 생각을 묻고 싶어도 묻지 못하는 경우도 있다. 그럼 환자와 관련된 최종의 결단은 결국 가족의 몫이고 어떤 일이 생기든 가족이 책임을 져야 한다.

　이제 아버지에 대해서도 고민하지 않을 수 없다. 내 생각은 바뀌지 않았다. 이제 모든 것을 아버지를 대신해 판단하지 않으면 안 된다. 집에서 아버지를 돌볼 때는 만약의 사태에 대비해 어떻게 대처할지를 간호사, 요양 보호사, 돌보미 선생님과 상의했다. 아버지가 시설에 있는 지금은 아버지의 입소 첫날, 비상시 어느 병원에 가야 할지 확인해두었다. 갑작스럽게 위급한 일이 일어났을 때 적절한 판단을 할 수 있을지 자신이 없었기 때문이다.

　만일 당신이 가족의 일에 대해 혼자서 결정하는 것이 부담스럽다면, 모든 것을 떠맡는 것이 너무 힘들다면, 다른 가족들과 함께 상의를 하라고 조언하고 싶다. 상황이 가능하다면 본인의 의지를 확인하는 것도 좋다. 물론 본인과 상의를 한다고 해서 선택에 따르는 책임이 분산되는 것은 아니다. 다만, 마음이 조금은 편해질 수 있다.

부모에게 적절한 사회생활과
경험을 제공하자

부모가 돌봄이 필요한 경우 처음부터 부모를 집에 모시겠다고 생각하지 않으면 좋겠다. 집에 모실 수 있으면 좋겠지만 '무조건'이 아닌 '가능한 한' 그렇게 하자. 물론 부모가 원한다면 익숙하고 편안한 집에서 보내는 것이 낫다. 그런데 아버지는 돌봄이 필요해 예전에 살던 집으로 모셨을 때 그곳이 어딘지 알지 못하고 몹시 낯설어했다. 집의 이점을 누리지 못한 셈이다.

시설에 들어가기 어려운 경우에는 부모를 집에서 돌볼 수밖에 없다. 그렇다고 가족이 하루 24시간 부모를 돌봐야 한다면 이는 여간 부담스러운 일이 아니다. 부모 돌봄도 육아와 비슷하다. 어떤 사람은 아이가 세 살이 될 때까지는 부모가 집에서 돌봐야 한다고 말한다. 좋은 이야기지만 현실적으로 어렵고 요즘 아이들은 대부분 일찍부터 어린이집에 다닌다. 부모도 마찬가지다. 부모가 주간 보호 센터에 거부감이 없거나 집에서 무조건 돌봐주기를 바라지 않는다면 간병 서비스를 충분히 이용해볼 수 있다.

아버지는 직접 식사를 하셨지만 장을 보거나 음식을 만들지는 못했다. 아버지가 깨 있는 동안에는 혹시나 하는 마음에 한시도 안심을 할 수가 없었다. 장보기는 아버지가 잠자는 동안에 마쳤다. 그리고 사람들과 만나는 약속을 거의 하지 못했다. 가끔은 아버지 댁에서 만나기도 했지만 여유 있게 대화를 나누기는 어려웠다. 아버지가 언제 일어날지 모르는 상황에서 카운슬링을 진행하지 못했고 의뢰받은 강연도 거절해야 했다. 이러한 상태가 오래 계속되면서 마음의 평정을 유지하기가 힘들어지곤 했다.

어떻게든 돌봄의 부담을 줄이는 방법을 찾아봐야 한다. 주간 보호 센터는 이용이 편리하다. 주중에 며칠만이라도 아버지를 걱정하지 않아도 되는 시간이 생기자 마음이 한결 편해졌다. 아버지는 단기 캠프 에도 갔다. 1박 2일, 2박 3일의 짧은 일정이지만 밤에 자는 동안 아버지를 걱정하지 않아도 되어서 살 것 같았다. 아버지가 단기 캠프에 간 첫날, 나는 오랜만에 알람을 끄고 깊이 잠들 수 있었다.

아버지는 집에서 혼자 편하게 지내고 싶었을지도 모른다. 주간 보호 센터나 단기 캠프는 부모보다 부모를 돌보는 자식을 위해서라고 해도 과언은 아니다. 처음 단기 캠프에 간 아버지는 한밤중 잠에서 깨자 자신이 어디에 있는지, 왜 평소와는 다른 곳에 있는지 어리둥절해서 한 직원에게 이렇게 물었다고 한다.

"저기, 여기가 대체 어디요? 왜 내가 여기에 있는 거요?"

또 한번은 저녁에 집에 돌아가지 않자 아버지는 언성을 높여 돌아가겠다고 떼를 썼다고 한다.

"집에서 아들이 기다리고 있소!"

나는 아버지의 마음이 충분히 이해가 된다. 하지만 아버지로부터 떨어져 있는 시간이 있어야 나도 잠깐이나마 몸과 마음의 긴장을 풀고 휴식을 취하면 새로운 기분으로 아버지를 만날 수 있었다.

그렇다고 이런 서비스가 부모에게 아예 도움이 안 되는 건 아니다. 어린이집은 부모에게 시간적 여유는 물론 아이들의 성장 발달에 도움을 준다. 주간 보호 센터도 마찬가지다. 그래도 영 불안하다면 한번씩 센터에 방문을 해서 부모가 어떻게 지내는지 확인해볼 수 있다. 만일 센터에서 문제가 생겼는데 빈틈없이 대응을 하지 못한다면 그곳은 별로라는 뜻이다. 아버지는 주간 보호 센터에서 큰 문제는 없었지만 집에 돌아오면 곧잘 화를 내곤 했다.

"오늘 노망난 인간이 한 명 왔어. 나는 절대 그렇게 되고 싶지는 않다."

아버지의 이 말에 나는 어떻게 대답을 해야 좋을지 알 수 없었다.

"오늘은 너무 피곤하다. 그런 데는 이제 사양이다. 계속 기다리기만 하고 지루해 죽는 줄 알았어. 뭘 할 거면 한다고 확실하게 말해주면 좋을 텐데 아무것도 말해주지 않는 거야. 나도 뭘 하고 싶다고 말했으면 좋았을 텐데 말하지 못했다."

아버지는 자신이 겪은 상황에 대해 정확히 이해하고 전하기도 했다. 실제로 센터에서 아무것도 하지 않는 것은 아니고 실제로는 공들여 짜놓은 프로그램에 따라 다양한 활동을 한다.

"오늘은 바둑이랑 장기를 뒀어."

얼핏 보기에 아버지는 센터에 가는 것을 싫어하는 것 같지만 사실 나쁘지 않았던 것 같다. 아버지가 젊은 시절 기회가 있을 때마다 불렀던 군가를 센터 노래방에서 불렀다는 기록을 읽었을 때, 아버지가 평소 내게 말하는 것만큼 센터를 싫어하지 않는다는 것을 알았다.

"아버지, 군가를 불렀다면서요?"

내가 이렇게 묻자 아버지는 극구 부정하기는 했다.

"그런 거 안 불렀다!"

나도 병으로 입원을 했을 때 의사, 간호사 등 병원 사람들은 물론 병문안을 온 사람들까지 모두 자유자재로 걷는 것을 보고 내가 자유롭게 걷지 못하는 환자라는 사실을 뼈저리게 느꼈던 적이 있다. 센터에는 아버지와 같은 증상을 가진 사람들이 많이 있어서 '난 노망나지 않을 거다'라는 아버지의 말은 난감했지만 그곳에서 사람들과 이야기를 주고받는 것도 아주 중요한 치료의 하나였다. 사회적인 관계와 소통은 가족끼리 집 안에만 머무르면 제한되기 마련이다.

아버지가 이래저래 불평은 했지만 센터에서 사람들과 접촉하는 것은 하루 종일 나와 얼굴을 맞대는 것보다 치료적으로도 효과가 있는 것 같았다. 아버지는 지금 머물고 있는 시설에서도 하루의 대부분을 다른 사람들과 함께 보낸다. 옆 테이블에 있는 사람들까지 발을 넓혀 소통하지는 않지만 누군가 큰 소리를 내면 아버지는 그에게 화를 냈고 직원들과는 옛날 이야기를 했다. 어쨌거나 부모를 돌보면서 하루 중 몇 시간만이라도 여유를 가질 수 있다면 감사한 일이다.

"네가 있으니까
안심하고 잘 수 있는 거란다"

오사카대학교 교수이자 총장을 역임한 와시다 기요카즈는 그의 책 《기다린다는 것》에서 우리 사회가 가만히 곁에 있는 것이 가진 힘을 높이 평가하는 미덕을 잃어버렸다고 말한다. 그의 책을 읽고 나 역시 이제까지 그런 힘을 인정하지 않았다는 사실을 깨달았다.

나는 하루 종일 아버지와 같이 있어도 별다른 일을 하지 않았다고 생각했다. 식사 준비나 화장실 청소 정도. 식사 시간 외에는 거의 잠을 자는 아버지와 함께 있으면서 나는 아무것도 하지 않고 가만 있는다고 생각했다. 다른 사람들은 더 힘들게 간병을 하고 있을 텐데 나는 너무 편히 지내는 것 아닌가 했다.

가만히 곁에 있는 것, 와시다 기요카즈가 말한 '수동적인 행동'이 갖는 의미를 인정하지 못하면 부모와 함께하는 시간이 힘들 수 있다. 당신이 부모에게 해줄 수 있는 것이 많지 않다고 해서 결코 아무것도 하지 않는 건 아니다. 부모의 곁에 머물러 있는 것만으로도 당신은 공헌을 하고 있는 것이다. 내가 병원에 있을 때 누군가 내 곁에 있어주기만 해도 안심이 되었다.

나는 아버지가 테이블에 앉아 멍하니 바깥을 바라보거나 신문을 읽을 때면 그 옆에서 일을 하곤 했다. 아버지가 잠이 들면 그저 가만히 있을 뿐 더욱 아무것도 할 필요가 없었다. 어느 날, 나는 아버지에게 농담으로 이렇게 말했다.

"아버지, 하루 종일 주무시니 제가 오지 않아도 되겠어요."

"아니야, 네가 있으니까 안심하고 잘 수 있는 거야."

누군가 곁에 머무러주는 것만으로도 우리는 삶의 크나큰 위안을 얻는다.

부모의 예전 모습을 지우고
현실의 부모를 받아들이자

아이가 태어나면 부모는 이번 생에 처음 만난 아이가 하는 모든 것에 감격하고 기뻐하기 마련이다. 현실의 아이와 상관없이 부모가 품은 이상적인 아이의 이미지를 현실적인 이미지로 바꾸는 것은 그리 어렵지 않다. 그런데 부모의 경우는 조금 다르다. 자식은 부모와 보낸 역사가 길다. 과거에는 강하고 무엇이든 할 수 있던 부모의 이미지는 그대로 자식의 이상이 된다. 작가 기타 모리오는 자신의 아버지인, 일본의

단시俳句 하이쿠 작가(하이카이시) 사이토 모키치에 대해 이렇게 말했다.

"어린 시절에는 그저 무섭고 어려운 존재였던 아버지는 불시에 존경하는 하이카이시로 변모했다. 나는 아버지를 존경하게 되었고 고교 시절 그의 시를 모방한 서툰 노래를 지었다."

아들은 차츰 그의 아버지에게 닥쳐오는 노화의 그림자를 놓치지 않았다. 사이토 모키치는 산책을 할 때마다 늘 수첩을 들고 다니며 하이쿠를 썼다. 아들은 그 수첩을 몰래 훔쳐보고 아버지에게 여전히 왕성한 창작욕이 있으면 안도했고, 반대로 변변찮은 노래를 발견하면 늙어가는 아버지에게 실망했다. 아마도 안도할 때보다 실망할 때가 점차 많아지지 않았을까 상상해 본다. 기타 모리오가 아버지에게 품은 존경의 마음을 나는 느낀 적이 없어서 그의 이야기에 적잖이 놀랐다.

작가 사와키 고타로의 아버지도 하이카이시였다. 부친이 지은 하이쿠를 책으로 엮기도 한 아들은 아버지를 향해 심한 말을 하거나 반항한 적이 단 한 번도 없었다고 한다. 이 점은 나와 비슷하지만 어린 시절부터 아버지를 지켜줘야 할 사람이라고 느꼈다는 대목에서는 매우 놀랐다. 나는 아버지를 그렇게 생각한 적이 한 번도 없었기 때문이다.

부모와 좋은 관계를 형성하고 있거나 부모를 존경하는 사람들이 있다. 그들에게 부모가 쇠약해져가는 모습, 특히 치매로 인해 과거의 일을 잊거나 성격이 몰라보게 달라지면 과거의 이상적인 부모와 눈앞에 있는 현실의 부모 사이에 벌어진 괴리가 더 크게 느껴질 수 있다.

부모에게 가졌던 이상적인 모습을 '새로 고침' 하고 현실의 부모를 받아들이지 못하면 부모와 원만한 관계를 맺지 못한다. 부모가 과거의 기억을 잃어버렸다면 좋은 기억이든 나쁜 기억이든 쉽게 납득하기 어렵겠지만 현실에서는 과거를 잊은 부모가 있을 뿐이다.

우리가 부모를 돌볼 때 할 수 있는 것 중 하나는 이상적인 부모를 보지 않는 것이다. 이상적인 부모를 보는 한, 점수를 깎는 '감정'의 식으로만 부모를 보게 된다. 부모가 젊은 시절에 '멋진' 사람이었다면 이상과 현실의 괴리를 받아들이기 더욱 어렵다. 하지만 현실의 부모를 보고, 다름 아닌 바로 그 현실의 부모와 살아가야 한다.

부모만이 아니라 누군가 자신을 너무 좋게 생각한다면 이는 현실의 모습과는 동떨어진, 그저 그의 머릿속에서 지어낸 이미지에 불과하다. 이상의 모습을 현실의 자신과 혼동하는 사람과는 어울려 지내기가 힘들다. 자신을 잘 보이려 하지 않고 평소 모습 그대로 보여줄 수 있는 사람이 곁에 있을 때 당신의 마음 또한 한결 편안해질 것이다. 부모도 그렇다. 부모의 있는 그대로를 바라보기 위해 노력해보자.

부모가 자신의 무력함을 인정하기란 어려운 일이다

부모도 자신이 예전과 같지 않다는 사실을 받아들이기란 쉽지 않다. 예를 들어, 자동차 운전을 하던 부모에게 더 이상 운전은 어렵다며 포기하라고 설득하기란 쉬운 일이 아니다. 아버지는 치매 진단을 받기 전 슈퍼 주차장에서 사고를 낸 적이 있었다. 주차를 하면서 다른 차량을 들이받고 만 것이다. 천만다행으로 인명 사고는 나지 않았다. 아버지는 그때 브레이크를 밟을 생각을 전혀 하지 못했다고 회상했다. 사고의 기억은 아버지의 머릿속에서 지워졌지만 비슷한 꿈을 자주 꾼다고 했다.

"아버지, 그건 꿈이 아니라 진짜로 있었던 일이에요."

아무리 그래도 아버지는 전혀 믿지 않는 눈치였다.

아버지는 이런 일로 운전을 하지 못하게 되었는데도 가끔씩 면허증은 어떻게 되었느냐고 나에게 물었다. 여기는 교통이 불편해서 차가 없으면 곤란하다면서 말이다. 그런데 아버지는 이후에 직접 차를 몰고 나간 것은 물론 장을 보러 간 적도 없었다. 차가 없어서 곤란하다는 말은 아마도 예전처럼 아버지가 혼자 살고 있다고 생각했기 때문일 것이다.

건망증이 심해져서 가족이 부모에게 병원을 한번 가보자고 하면 강하게 거부하는 경우가 있다. 다행히 아버지는 건망증이 심해진 지 오래라서 병원에 가자는 내 말에 별다른 거부 반응을 보이지 않았다. 물론 나이가 들면 누구나 건망증이 심해진다. 하지만 방금 전 일을 잊어버리면 만에 하나 큰 사고로 이어질 수 있어서 위험하다. 이런 경우 건망증에 도움이 되는 약이 있기 때문에 병원에 가서 한번 물어보자고 부모를 설득할 수 있다. 특히 아버지는 약품 관련 회사에서 근무를 해서 건망증 개선을 위해 약을 먹는 것을 자연스럽게 받아들였다.

그러나 가족이 자신을 정신 이상자로 몰아세운다며 강하게 저항하는 부모도 있다. 병원에 가자는 자식의 의견에 동의해놓고 막상 진찰을 받으려고 하니 부모가 갑자기 분개해서 집으로 돌아가는 경우, 부모가 처방받은 약을 먹기를 거부해서 결국 모두 폐기한 경우 등 다양하다. 그렇다고 부모를 억지로 병원에 끌고 갈 수는 없으니 부탁하는 수밖에 없지 않을까. "걱정돼서 그래요, 진찰만 한번 받아보면 좋겠어요." 그래도 안 된다면 어쩌겠는가.

자식 앞에서 부모가 자신의 무력함을 인정하기란 쉬운 일이 아니다. 자존심이 강한 부모일수록 더욱 그렇다. 혼자서 할 수 없는 일이 있어도 자식에게 쉽사리 도와달라고 부탁하지 못한다. 자식이 먼저 도와주겠다고 나서면 버럭 화를 내거나 쉽게 동의하지 않으므로 자존심에 상처를 내지 않는 방법을 찾아봐야 한다.

부모가 도와달라는 신호를 보낼 때 놓치지 않는 것도 중요하다. 부모는 말로 자신의 의지를 표현하지 못할 때 말이 아닌 다른 방법으로 전하기도 한다. 아버지가 시설에 들어가기 일주일 전 요추압박골절로 입원한 것도 어찌 보면 시설에 들어가고 싶지 않다는 의지의 표명은 아니었을까.

부모가 힘을 뺀다면
자식도 같이 힘을 뺄 줄 알아야 한다

✦   자의든 타의든 부모가 꼭 쥐고 있던 힘
을 뺀다면 자식도 한 발 물러설 줄 알아야 한다. 부모는 스스로
자각하지 못한 채 위험천만한 일을 할 때가 있다. 아버지가 에
어컨 전원을 끄려고 밤에 혼자 테이블에 올라갔던 일처럼 말이
다. 이때는 의연한 태도로 대응을 해야 한다. 위험한 상황을 막
으려다 보면 간혹 큰 소리를 내는 경우가 있다. 그렇다고 해서
분노의 감정이 태도가 되어서는 안 된다. 분노의 감정이 앞서면
의연한 태도가 아닌 위압적인 태도가 된다.

　부모가 약하다고 해서 힘으로 대하는 것은 논의의 대상이 아
니다. 강한 어조로 말하는 것이 즉시 효과가 있어 보이더라도
부작용은 따르기 마련이다. 위압적인 태도를 가진 사람이 곁에
있으면 자신과는 관계가 없어도 무섭게 느껴진다. 위압적인 말
투로 부모에게 말하면 그것이 설령 부모를 도와주기 위한 행동
이라 해도 가족 관계를 해칠 수 있다.

　가족을 생각할 때 힘든 점은 감정이 개입이 된다는 것이다.

처음 한두 번은 기분이 상하지 않게 부드럽게 얘기해도 같은 일이 계속 반복되면 객관적인 태도를 유지하기가 쉽지 않다. 그래도 참고 참으면서 인내를 가지고 하면 안 되는 일, 위험한 일이 무엇인지 알리는 방법이 최선이다.

만일 부모가 가족을 난처하게 하는 행동을 되풀이한다면 전달 방법에 문제가 없는지 생각해보는 것도 도움이 된다. 자식은 부모를 자신의 뜻대로 바꿀 수 있으리라는 희망을 버리지 못한다. 그렇다고 위압적인 태도로 부모에게 주의를 주면 잘못된 행동이 개선되기는커녕 서로에게 개운치 않은 뒤끝만 남을 뿐이다. 부모는 그때의 일을 기억하지 못하더라도 그때의 감정은 잊지 못하는 것 같다.

대부분 부모는 자식이 차분한 태도로 온화하게 설명하면 적어도 그때는 알았다고 대답한다. 사실은 무슨 말인지 이해하지 못했으면서 알았다고 대답만 하는 건 아닌지 정확히 확인할 필요는 없다. 부모가 하는 말을 있는 그대로 받아들이고 나중에 다시 문제가 생기면 그때 생각하면 된다. 어느 날, 아버지는 내게 이렇게 말했다.

"네가 하지 말라는 건 하지 않아."

부모자식 관계에서
권력 투쟁은 무의미하다

아버지가 뭔가를 잊어버리거나 착각을 하면 내가 그것을 바로 잡으려다가 아버지의 심기를 거스르는 일이 종종 있었다. 내 말이 맞다고 해서 그것을 고집하면 아버지와의 관계에서 권력 투쟁이 일어난다. 문제는 이 권력 투쟁을 끝내기 위해 상대를 끌어내리려 하는 데 있다.

한번은 아버지가 나 때문에 심하게 화가 난 적이 있었다. 오전 11시 50분, 아버지는 시계를 보고 나에게 말했다.

"밥 먹을까?"

나도 점심시간이 되어가는 것을 알고 있었지만 하던 일을 멈추기가 애매해서 조금만 기다려달라는 의미로 이렇게 대답했다.

"아직 12시가 안 됐어요. 조금만 기다려주세요."

나는 매일 아버지에게 갈 때마다 책과 노트북을 들고 가서 시간이 되면 원고를 쓰곤 했다. 그런데 이날 아버지는 내 대답에 발끈하며 말했다.

"넌 뭘 그렇게 쩨쩨하게 따지냐. 11시 50분이나 12시나 그게 그거지."

"제가 지금 놀고 있어요? 일에도 절차라는 게 있어요."

나도 물러나지 않았다. 글을 쓸 때는 끝맺는 지점을 잘 마무리하는 것이 좋다 그렇지 않으면 나중에 뭘 쓰려고 했는지 기억나지 않아서 다시 이어 쓰기까지 시간이 오래 걸린다. 나는 이 순간만큼은 아버지에게 양보하지 않겠다고 다짐했다. 깜빡하고 12시를 넘겼다면 바로 식사 준비를 했을지 모르지만 내게는 아직 10분이라는 시간이 남아 있었기 때문이다. '아버지 잠깐 10분만요.'

그런데 내 태도는 아버지를 결국 분노하게 만들고 말았다.

"알았다. 됐다. 아무것도 하지 마라. 난 그냥 내버려두고 너는 가라."

평소 아버지가 점심을 먹던 시간이 지난 것도 아니다. 내가 아버지에게 조금만 기다려달라고 말한 것은 큰 잘못이 아니다. 게다가 나로서는 양보할 수 없는 중요한 시간이었다. 하지만 고작 '10분'의 일로 아버지와 나는 서로 얼굴을 붉혀야 했다. 불필요한 에너지를 낭비하고 기분까지 찜찜해질 바에야 내가 일을 중간에 멈춰서라도 아버지에게 맞췄으면 좋았을 것이다.

권력 투쟁은 부모는 물론 모든 사회적인 관계에서 나타난다. 내 생각이 옳다, 나는 잘못이 없다고 생각할 때 인간은 권력 투쟁에 돌입한다. 상대의 의견이 받아들여지는 것을 게임에서 진 것처럼 분하게 느끼는 것이다. 권력 투쟁에 들어가면 누구의 말이 옳은지는 더 이상 중요한 문제가 아니다.

하지만 상대의 요구를 강하게 꺾어버리는 것이 상대와의 관계를 치명적으로 악화시킨다면 때로는 양보도 미덕이 아닐까. 더욱이 부모와의 관계에서 권력 투쟁은 무의미하다. 부모와 사소한 일로 예민하게 다투지 말고 한 발짝만 물러나면 생활이 평안해질 것이다.

마음에 여유를 갖고
부모를 비난하지 않는다

◆   또 하나 인정하기 어려웠던 것은 아버지가 방금 전 밥을 먹고 그것을 잊어버렸을 때였다. 아버지가 잊어버린 것을 탓하지는 않더라도 밥을 먹은 것을 인정하게 하려는 생각에서 좀처럼 벗어나지 못했다. 먹은 건 잊어버려도 배는 부르겠지라고 생각했는데 나중에 간호사에게 확인하니 포만감을 느끼는 '만복중추' 기능이 약해진 경우도 있다고 했다.

나는 젊었을 때 한 독서 모임에 참석하기 위해 매주 오사카에 있는 선생님 댁을 찾아갔다. 선생님은 연로한 어머니와 함께 살고 있었다. 모임 사람들이 거실에서 책을 읽고 있으면 선생님의 어머니가 나와서 "밥 먹었니?"라고 물었다. 그럼 사모님이 생글생글 웃으며 대답했다.

"어머님, 밥은 좀 전에 저희랑 같이 먹었잖아요."

그때는 부모를 돌보는 일에 대해 전혀 생각조차 하지 못했던 나는 사모님의 대답을 듣고 깜짝 놀랐다. 조금 전에 식사를 했는데 기억을 못하다니. 연로한 부모와 함께 산다는 것이 쉽지 않은 일임을 나는 아버지를 돌보고 나서야 비로소 알았다.

그로부터 사반세기 후, 나도 집에서 독서 모임을 열게 되었다. 내가 사는 집은 좁았지만 내가 나고 자라고 결혼 후에 한동안 아버지와 함께 살았던 집은 그대로여서 그곳에서 몇 해 동안 독서 모임을 열었다. 그런데 아버지가 다시 집으로 돌아오면서 모임을 계속할 수 있을지 염려되었다. 그때 내가 젊은 시절에 참가했던 독서 모임을 떠올렸고 모임을 계속 열기로 결심했다.

나중에는 독서 모임 일정에 맞춰 아버지가 주간 보호 센터에 갔지만, 처음에는 아버지가 있을 때 집에서 독서 모임을 열었다. 방에서 잠을 자던 아버지는 책 읽는 소리에 사람들의 기척을 느끼고 이따금씩 바깥 상황을 살피러 나왔다. 아버지는 그때마다 집 안에 많은 사람이 있는 것을 보고 깜짝 놀라서 인사를 했다.

"아이고, 안녕하쇼?"

방에 들어가 한잠을 자고 나오면 아버지는 같은 광경에 또다시 놀라며 말했다.

"아, 다들 안녕하쇼?"

독서 모임에 온 사람들은 아버지를 봐도 크게 놀라지 않고 도리어 아버지를 받아주어 무척 기뻤다. 나는 평소 아버지와 단둘이 있으면 잔뜩 긴장해 있었는데 사람들과 함께 있으니 괜시리 마음이 놓였다. 아이가 울 때 혼자서는 차분해지기 어렵지만 둘이라면 우는 아이를 받아줄 여유가 생기는 것과 비슷하다.

나는 이 일을 통해 아버지와 둘이서 있을 때에도 차분하게, 사소한 일에 일일이 동요하지 않고 아버지를 대해야겠다고 생각했다. 아버지가 밥을 먹은 것을 잊어버려도, 사람들한테 몇 번이나 인사를 한다고 해서 누구에게 해를 끼치는 건 아니니까. 모두, 안녕하쇼!

돌봄에 진지하게 임해도
심각해지지는 않는다

◆   육아도 그렇지만 '진지'한 것과 '심각'한
것은 완전히 다르다. 부모를 돌보는 일도 진지하게 해야겠지만
그렇다고 심각해질 필요는 없다. 도움이 필요한 부모를 돌볼 때
는 다치지 않도록 안전을 최우선으로 배려해야 한다. 그런 의미
에서 돌봄은 진지한 일이지만 힘들다고 미간에 주름을 짓고 한
숨을 쉰다면 어떨까.

무언가를 할 때 힘든 티를 내는 이유는 내가 얼마나 힘든지
알아달라는 뜻이다. 부모 돌봄도 그렇다. 첫째는 부모에게, 둘
째는 부모를 함께 돌봐야 하지만 못하고 있는 다른 사람들에게
알아달라는 의미다. 내가 아무리 인상을 쓴들 아버지 같은 사람
은 알아줄 리 없었다. 알아줄 리 없다고 받아들이면 부모와 부
딪힐 일이 없겠지만 실제로는 그러기가 쉽지 않다. 형제자매가
있다면 부모를 함께 돌봐야 할 텐데 여러 가지 이유와 사정이
있어서 못하는 사람들도 있다.

물론 아픈 사람을 돌보는 일은 힘들다. 그러나 다른 사람에

게 힘듦을 알리기 위해 내색할 필요는 없다. 누군가 내 힘듦을 이해해주고 선뜻 도움을 주면 내색이 효과를 거둔 것이다. 그러나 반대로 원하는 반응이 일어나지 않으면 도리어 평정심을 유지하기가 어려워진다. 요컨대, 필요하면 도와달라고 말하자. 굳이 힘듦을 내색하지 말고 도움을 요청하는 것이다. 나 좀 도와달라고 직접 말하는 게 낫다.

물론 세상 냉정하게도 부탁을 한다고 해서 무조건 들어준다는 보장은 없다. 그래도 혼자 심각해져봐야 나만 손해다. 진지하되 심각해지지 않도록 노력하자.

가족은 데려가는 것이 아니라 함께 가는 것이다

♦   조금 과한 이야기로 들릴 수 있지만 부모를 돌보면서 즐기지 못할 이유는 없다. 앞에서 말한 것처럼 심각해지지 않으면 무엇이든 즐길 수 있다.

부모가 어디 나들이 좀 가자고 해서 휴일마다 이곳저곳 데리고 갔는데 바로 잊어버리고서는 아무 데도 안 갔다며 자식에게 불평을 하더라는 이야기를 들은 적이 있다. 자식 입장에서는 최선을 다해봤자 참 허무하고 부질없다는 생각이 들었을 것이다. 이럴 땐 어떻게 하는 것이 좋을까?

기억이 왔다 갔다 하는 경우에는 부모를 어디로 데리고 간다고 생각하지 않는 편이 낫겠다. 그러니까 벚꽃이 피면 부모에게 꽃을 보여주러 가는 게 아니라 내가 벚꽃이 보고 싶어서 가는 것이다. 꽃구경을 하러 가는 길에 부모와 함께 가서 같이 즐기는 것이다. 그럼 설령 부모가 꽃구경을 간 것을 잊어버려도 내가 괴로워지지 않는다.

휴일에 가족을 어디로 데리고 가준다고 말하는 남편이 있다. 아내는 남편, 아이는 아빠의 손에 이끌려 어딘가로 가는 것이 아니라 '함께' 그곳에 가는 것이다. 부모도 마찬가지다. 이왕이면 즐기는 마음이 필요하다.

헤어짐이라는 예정된 사건 앞에서 자신을 탓하지 않는다

◆   아버지를 보살피면서 일주일에 한 번씩 강의에 나가던 무렵에는 돌보미 선생님이 와줄 때까지 두어 시간가량은 아버지가 혼자 있어야 했다. 아침 식사를 마치면 아버

지는 대개 잠을 잤으므로 그사이 별일은 없겠지 하고 외출을 했
지만 마음 한편에는 늘 걱정이 있었다. 그도 그럴 것이 내가 강
의를 나가는 날이면 아버지는 뭔가 눈치를 챈 것인지 평소와 다
르게 행동을 하곤 했다. 아침을 먹은 뒤 잠을 자려 하지 않거나
잠이 들었다가도 금새 깨어나 아침을 안 먹었다며 주방에 들어
가려 했던 것이다.

아버지가 그럴 때면 신경이 쓰였지만 나는 어떻게든 아버지
를 혼자 두고 나가려 했다. 아버지가 혼자 있을 수 있다는 연습
인 셈이다. 어쩌면 부모가 혼자 있을 수 있도록 일이 필요했을
지도 모른다.

당신은 부모와의 관계가 원만한가? 아니면 원만하지 않다고
느끼는가? 후자의 경우 부모를 보면 짜증이 나고 쉽게 화가 나
는 것을 부모를 돌보지 못하는 행동에 대해 정당화하는 감정으
로 여기기도 한다. 부모에게 가야 한다는 생각을 하는 것만으로
도 기분이 우울해지는 경우도 마찬가지다. 정확히 말하면 분노,
짜증, 우울 등의 부정적 감정 때문에 부모를 돌보지 못하는 게
아니다. 반대로 부모를 만나러 가고 싶지 않다는 자신의 기분을
정당화하기 위한 '목적'이 앞서기 때문에 감정으로 정당화하는
것이다.

그럼 어떻게 해야 할까. 만일 부모에게서 잠시 떨어져 있고 싶다면 벗어나기 위한 특별한 이유를 대지 않아도 된다. 다시 말해, 그냥 잠시 떨어져 있는다. 부정적 감정이 들어서도 아니고, 다른 일이 있어서도 아니다. 그냥 떨어져 있는 것이다.

작가 오치아이 게이코는 어머니를 10여 년간 돌보았던 한 그림책 작가와의 일화를 다음과 같이 전한다. 친구의 어머니는 혼자 집에서 딸이 돌아오길 기다리고 있었다. 하지만 그날따라 친구는 집으로 곧장 돌아가고 싶지 않았다고 한다.

"그날 밤, 난 역 앞에 있는 카페에서 커피를 마셨어. 커피 한 잔을 여유롭게 마시고 돌아가고 싶었어. 그냥 이유 없이 그렇게 하고 싶더라. 그대로 집으로 돌아가는 건 싫었어. 아직 돌아가고 싶지 않다는 내 마음이 전해진 건지, 딸내미를 더 이상 지치게 해서는 안 된다고 생각한 건지 엄마는 다음 날 아침 일찍 숨을 거뒀어."

오치아이 게이코는 친구의 안타까운 이야기에 이렇게밖에 대답할 수 없었다고 한다.

"그렇다고 해서 자신을 너무 원망하지는 마."

하필이면 집으로 바로 가지 않고 커피를 마신 다음 날 아침,

어머니는 세상을 떠났다. 커피와 어머니의 죽음이 서로 아무런 관련이 없었다 하더라도 그때의 기억은 머릿속에 강하게 남았으리라.

나도 어머니가 세상을 떠났을 때 그랬다. 어머니가 병원에 입원해 있을 때 나는 어머니 곁을 지켰다. 병원에서 숙식을 해결하던 어느 날, 이렇게 계속 살다가는 내 몸이 더 이상 견디지 못할 것 같다는 생각이 무심코 들었다. 그런데 그 무심한 생각을 하고 얼마 뒤 거짓말처럼 어머니가 세상을 떠났다. 나는 이 일로 한동안 나 자신을 원망하며 살아야 했다.

돌아보면 그때 나는 스스로를 원망하지 않았어도 될걸 그랬다. 부모에게서 잠시 벗어나 있고 싶었다고 해서 부모의 죽음이라는 사건이 일어나진 않는다. 이러다가 내가 지칠 것 같다는 생각, 커피 한 잔 잠시 여유롭게 마시고 싶다는 생각이 특별한 사건을 일으킬 리 없다. 두 사건 사이에는 아무런 인과 관계가 없는 것이다. 그럼에도 누군가를 돌보는 동안에는 헤어짐이라는 예정된 사건 앞에서 자신을 탓하고야 마는 것이다.

자식이 부모의 품을 떠나듯
부모도 자식의 손을 놓는다

✧　　　　　　아이들을 아침저녁으로 유치원에 데려다주고 데려오는 생활을 7년 반 동안 계속한 적이 있었다. 물론 아이가 유치원을 졸업하고 초등학교에 들어간다고 해서 양육의 책임이 끝나지는 않는다. 하지만 혼자 유치원에 가지 못했던 아이가 스스로 등하교를 하기 시작하면 부모의 부담이 상당이 줄어든다.

육아는 힘들지만 매일 아이의 성장을 체감할 수 있어서 좋았다. 어제 하지 못했던 것을 오늘 할 수 있게 되고, 오늘 하지 못한 것을 내일 할 수 있을지도 모른다는 '희망'을 가질 수 있었다. 그래서 아이와 매일 씨름하는 일이 제 아무리 고생스러워도 아이의 성장으로 마음의 보상을 받았다.

부모를 돌보는 일은 육아와는 다르다. 어제 할 수 있었던 것을 오늘 못하게 되고, 오늘 할 수 있던 것을 내일 할 수 없을지도 모르는 부모를 보살펴야 한다. 아이의 성장이 기쁨이라면 어른의 퇴보는 슬픔이다. 육아는 아이가 자립하면 끝나지만 간병은 언제까지 계속될지 알 수 없다. 간병은 육아와 달리 '출구'가 보이지 않는다고들 말한다.

물론 부모를 돌보는 일에도 출구는 있다. 그저 언제 그 출구가 도달하느냐가 보이지 않을 뿐이다. 출구란 부모의 죽음을 말한다. 그래서 출구가 보이지 않는 게 아니라 출구를 보려 해서는 안 된다고 생각하는 것일지도 모른다.

작가 사와키 고타로는 여든아홉 살에 뇌출혈로 쓰러진 아버지를 돌봤던 순간들을 글로 적었다. 병상에 누운 아버지의 곁을 지키고 있던 어느 날, 그는 자신이 심하게 지쳤음을 깨달았다. 그저 아버지의 침대 옆에서 의자에 앉아 있을 뿐이었는데도 원고를 쓰느라 밤을 새웠을 때보다 훨씬 더 피곤했다고 한다. '깊고 무거운 고통', 그것은 마냥 무언가를 기다리는 일에서 오는 피로감이며 무엇을 기다리는지도 모르고 그저 기다릴 수밖에 없는 상황에서 오는 피로감이었다.

사와키 고타로는 아침이 오는 것을, 시간이 지나가는 것을 그저 기다린다고 말했는데 그저 마냥 기다린 것은 아님을 그도 알고 있었으리라. 그는 이렇게 말했다.

"내 마음은 복잡했다."

아버지는 이대로 하염없이 죽음을 기다려야 하는 것인가, 어떻게 해서든 아버지가 살았으면 좋겠다. 하지만 인간에게는 죽어야 하는 순간이라는 게 있을 것이다. 막연하기는 하지만 어쩌면 지금이 아버지가 죽어야 하는 순간이 아닐까. 사와키 고타로는 그렇게 생각했다. 내 아버지 역시 죽음을 기다린다는 점에서 사와키 고타로의 경우와 다르지 않았다.

오래전 일이지만 나는 어머니의 병상을 지키면서 완전히 녹초가 되곤 했다. 그 당시 대학원생이던 나는 다른 가족에 비해 비교적 시간이 자유로웠다. 누이동생은 이미 결혼을 했고 아버지는 일 때문에 시간을 내기가 쉽지 않았다. 내가 매일 병원에 갔던 이유는 어머니가 언제 돌아가실지 모르니 만약의 순간에 대비해야 한다는 병원의 요청이 있었기 때문이다. 실제로 어머니는 3개월의 투병 기간 중 2개월간 의식이 전혀 없었다. 휴일에는 아버지가 교대를 해주기도 했지만 평일에는 매일 열여섯 시간씩 꼬박 어머니 곁을 지켰다.

나는 스스로 인정하고 싶지 않았지만 어머니의 죽음을 기다렸다고 할 수 있다. 그런 생각을 할 정도로 나는 궁지에 몰려 있었다. 그런 상태가 계속되었다면 아마도 나에겐 신경증 같은 병이 생겼을지도 모른다. 어머니의 죽음 이후 병원 생활에 종지부를 찍었지만 나는 심한 죄책감에 시달려야 했다.

내가 어머니를 병원에서 돌본 시간은 그리 길지 않았지만 병원에서의 시간은 확실히 앞이 보이지 않는다. 언제쯤 우리가 병원에서 나갈 수 있을지 우리 앞에 놓인 출구가 '죽음'이라면 그 시간은 무척 힘겹게 느껴질 것이다.

기다림은 힘들고 초조하며 때로는 무료하다. 기다릴 수밖에 없어 흘려보내는 시간의 틈 사이로 이별은 찾아온다. 아이가 내 품에 더 오래 머물기를 바라지만 어느새 가족의 품을 떠나 세상으로 나아가듯 부모도 어느 순간 세상과 영영 작별할 준비를 하게 되는 것이다.

아버지는 습관처럼 무엇이든
할 수 있다고 말했다

아이가 자라서 어릴 때 하지 못한 것을 할 수 있게 되면 아무리 사소한 것일지라도 부모는 그 모습을 보고 기뻐해 마지않는다. 시간은 아이를 자라게 하고 부모를 약하게 만든다. 점점 기억력이 희미해지고 인지 능력을 상실하는 부모를 보면 시간의 양면성을 느끼지 않을 수 없다.

부모를 바라볼 때나 아이를 바라볼 때 이 시간에 대해 생각해보자. 만일 부모가 자신만의 이상적인 아이의 모습을 머릿속에 그려두고 눈앞에 있는 현실의 아이를 대한다면 어떻겠는가? 게임 따위에 열중하지 않고 오직 공부에 매진하며 부모에게 반항하지 않고 순종하는 이상적인 아이. 하지만 현실에서 그런 아이는 찾아보기 어렵다.

그래서 부모는 이상적인 아이의 모습에서 '뺄셈'을 하여 현실의 아이를 본다. 아이가 학교도 잘 가고 집안일도 도와주면 가장 좋겠지만, 학교에 가지 않고 집에 있으면서 일을 도와주겠다고 하면 부모는 아이에게 "집안일 그런 거 안 해도 되니까 제발 학교에만 가라"고 말한다.

그런데 부모가 혼자서 할 수 있던 것을 하지 못하면 자식은 몹시 놀라고 만다. 겉으로는 표현하지 못해도 부모가 안쓰럽게 느껴져 마음이 좋지 않다. 이럴 때는 부모를 어떻게 바라봐야 할까?

아버지는 습관처럼 "무엇이든 할 수 있어"라고 말했다. 하지만 실제로는 그렇지 못했다. 아버지는 밥이든 약이든 혼자 먹을 수 없는데도 무엇이든 다 할 수 있다고 말하는 것이었다. 부모가 혼자 할 수 없는 일을 혼자 한다고 하면 결국 그것을 수습

하느라 고생하거나 자칫 위험한 상황이 생길 수도 있다. 부모의 자존심을 상하게 하지 않으면서 이제는 혼자서 하지 못한다는 사실을 인정하도록 하려면 시간과 요령이 필요하다.

그런가 하면 어떤 사람들은 부모가 스스로 할 수 있게 해야 한다고 말하기도 한다. 자력으로 하면 좋겠지만 주변에서 도와주면 좋은 순간도 있다. 일어서려다 휘청거리는 부모를 봤을 때 가만히 손을 내밀어주었다고 해서 부모의 자립심을 해치는 건 아니다. 도움을 받은 부모도 자식에게 의존한 것이 아니다. 《조제, 호랑이 그리고 물고기들》을 쓴 다나베 세이코는 이렇게 같이 말했다.

"옷을 입고 단추를 잠그는데도 한세월이 걸리는 사람더러 자립했다고 하면 이상하겠죠. 간병에서 중요한 것은 무의식적으로 손을 내밀어 누군가를 도와줄 수 있는 정신을 갖는 것입니다."

나는 병원에서 일할 때 발목을 접질린 적이 있었다. 병원 일을 마친 뒤 대학 강의에 가려고 서두르다가 계단에서 발을 헛디딘 것이다. 다행히 뼈가 부러지지 않았지만 생각보다 통증이 심해서 진찰을 받았더니 전치 2주가 나왔다. 발목을 다친 뒤 가장 힘들었던 것은 혼자 움직이기가 쉽지 않은 점이었다. 계단에서

목발을 어떻게 써야 할지 알지 못했고 다리 통증도 심해져서 다른 사람의 도움이 필요했다.

다행히 그 당시 중학생이던 아들이 흔쾌히 나를 도와주었다. 지금 생각해도 아들에게 너무 고마운 일이지만 자식의 도움을 받는 것이 영 익숙하지 않아서 마음이 편안하지만은 않았다. 마치 어린 아들과 부모인 나의 입장이 뒤바뀐 것만 같았다.

아버지를 돌보면서도 비슷한 일이 있었다. 내가 발목을 접질러 아들의 손과 어깨를 빌렸듯이 아버지에게도 나의 도움이 필요한 순간이 있었다. 아버지는 화장실에 가려다 때를 놓쳐 속옷을 여러 번 더럽히곤 했는데, 내가 발목을 접질렀을 때 썼던 요강을 건네줬더니 처음에는 단호하게 거부했다. 그러다가 나중에는 화장실이 어디 있는지 찾지 못해서 휴대용 변기를 쓰라고 내밀었더니 "괜찮을까, 여기에?"라며 재차 확인했다.

부모가 혼자 할 수 있는 일을 자식에게 부탁한다면 이는 '의존'이다. 부모가 혼자 할 수 없는 일을 자식에게 도와달라고 부탁한다면 이는 나름의 '자립'이다. 반대로 혼자 할 수 없는 일을 하려는 것은 결코 자립이 아니다.

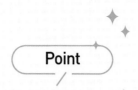

어느 쪽이 옳은지 잘잘못을 따지지 않는 관계를 맺는다.

부모에게서 벗어날 이유를 찾지 말고 그냥 벗어난다.

부모가 도와달라는 신호를 놓치지 않는다.

아 버 지 를 기 억 해

Chapter 4

가족은 서로에게
존재 자체로 공헌하고 있다

나이듦은 젊음으로부터
후퇴를 의미하지 않는다

◆   젊음을 유지하고 싶다면 노화는 피해야
할 적이다. 나이듦이 겉으로 드러나기보다 젊게 보이고 싶은 사
람이 더 많다. 하지만 노화를 피하기란 이룰 수 없는 바람이다.
이에 대해 작가 호리에 도시유키는 소설 속 등장인물의 입을 빌
려 이렇게 말했다

　"옛날과 변하지 않았다는 말은 그저 입에 발린 말일지도 모
른다. 애초에 연령의 변화가 확실히 드러나는 것을 왜 싫어하지
않으면 안 되는 것일까."

인생에서 한 번 지나간 시간은 되돌아갈 수가 없다. 우리의 몸도 마찬가지다. 하지만 나이가 그저 젊음으로부터 후퇴를 의미하는 것은 아니다. 나이듦에서 충분히 긍정적인 의미를 찾아낼 수도 있을 것이다.

남의 집 자식은 빨리 큰다고들 말한다. 정작 아이가 어릴 때 부모는 한시도 눈을 뗄 수 없이 하루하루가 정신없이 지나간다. 그렇게 시간이 빠르게 지나면 아이는 어느새 훌쩍 자라 있는 것이다. 그럼 사람들은 오랜만에 보는 아이의 성장에 눈을 동그랗게 뜨곤 한다.

노쇠한 아버지를 돌보며 아버지의 변화가 하루가 다르게 느껴지는 순간들이 있다. 아버지를 어쩌다 한 번 만나는 사람들은 늘 곁에 있는 나만큼 아버지의 변화를 알아차리지 못할 것이다.

물론 어제와 오늘이 다르지 않은 날이 더 많을 것이다. 개중에는 어느 날 갑자기 달라지기도 하겠지만 대부분 변화는 서서히 일어난다. 부모와의 관계에서는 이렇게 변화가 없는 상태를 기뻐했으면 좋겠다.

"잊어버린 건 어쩔 수 없지만
앞으로의 시간을 소중히 하고 싶다"

성장하는 아이를 보면 언제 이렇게 컸는지 놀랍지만 쇠약해진 부모를 보면 언제 이렇게 약해졌는지 허무해진다. 부모자식 간에 함께하는 순간을 소중히 여긴다면 시간은 천천히 느리게 흐를 일이다.

내가 아버지와 '지금 여기' 함께 있다고 느끼는 순간은 다름 아니라 우리가 함께 웃을 때다. 우리가 함께 웃을 때 아버지와 나의 의식은 한 방향을 향해 흐른다.

아버지와 같은 공간에 함께 있어도 대개는 아버지가 다른 방향을 바라보곤 했다. 여럿이 모여 있어도 아버지는 그 안에 좀처럼 들어오려 하지 않았다. 어느 더운 여름날, 집 안에 모인 사람들이 창문을 열어놓고 있으면 아버지는 졸립다며 창문을 닫고 자러 가려 했다. 나는 어떻게든 아버지와 같은 자리에서 같은 방향을 바라보고 싶었다. 아버지와 내가 함께 웃을 때 비로소 나의 바람은 이루어졌다.

사람과의 관계에서는 때때로 과거를 잊어야 한다. 그렇지 않으면 현재에 집중할 수 없다. 그런 점에서 치매가 있는 사람이 살아가는 방식은 우리에게 본보기가 되기도 한다.

"당신, 그때 나한테 이렇게 했지?"

언제까지나 과거를 기억하는 것은 불행한 일이다. 좋은 추억이면 몰라도 서로 얼굴을 붉히며 다툰 기억은 떠올리는 것만으로도 관계에 부정적인 영향을 끼친다. 부모가 과거의 일을 까맣게 잊어버렸을 때 어쩌면 앞으로는 좋은 관계를 맺길 바란다는 뜻일지도 모른다.

아버지는 "아예 전부 잊고 처음부터 다시 시작하고 싶다"고 털어놓았다. 한번쯤 인생에서 안 좋은 기억을 모두 잊고 새로 시작하고 싶다고 생각해본 적이 있을 것이다. 기억을 정리하는 것은 생각만큼 나쁜 것만은 아니다. 혹시 아버지는 나한테 이렇게 말하고 싶었던 것이 아닐까?

"잊어버린 건 어쩔 수 없지만 지금, 그리고 앞으로의 시간을 소중히 하고 싶다."

잊어버린 것은 포기가 아니라 미래를 바라보며 살아가겠다는 의지로 여기고 싶다. 아버지가 자신의 뜻을 이룰 수 있도록 모두 함께 도와줄 수 있길 바란다.

아버지가 기억을 잊었다고 해서
내 인생이 사라지는 것은 아니다

◆　　　　　　　　　과거를 선별해서 기억하는 것이 잘 이
해되지 않을 수도 있겠지만, 크게 문제가 없다면 대화 중에 정
정을 하거나 지적을 할 필요는 없다. 남편의 죽음을 기억하지
못하는 어머니에게 고인의 생전 사진을 보여주며 죽음을 납득시
키려 했던 사람의 이야기를 들은 적이 있었다. 나 역시 아버지
가 어머니에 대해 기억하지 못한다는 사실로 괴로워했다. 어머
니부터 누이동생, 나의 아내까지 우리 가족이 함께 살아온 날들
에 대해 아버지는 아무것도 기억나지 않는다고 했다. 가장 괴로
웠던 건 내 인생마저 지워진 것 같은 기분 때문이었다.

　하지만 엄밀히 말해서 내 기분은 내 문제였다. 아버지가 잊
은 기억 때문에 결코 내 인생이 사라지진 않는다. 그로 인해 내
속이 쓰린 것은 아버지와는 별개의 문제다. 물론 지금의 나에게
는 아버지와 어머니에 대한 기억이 소중하다. 하지만 지금의 아
버지에게는 어떤 이유가 있어서 기억이 나지 않을 뿐이다.
　모두 각자 나름의 이유가 있어서 어떤 것은 잊어버리고 어떤
것은 마음에 담아두는 것이다. 주변 사람은 이를 '신뢰'해야 한

다. 설령 잊어버린 기억이 떠올라 괴로워하더라도 이 또한 스스로 감당해야 할 감정이다. 기억을 잊어버리거나 떠올리는 것까지 다른 사람이 통제할 수는 없다.

아버지에게도 잊어버린 기억이 갑자기 돌아온 적이 있었다. 마치 그 일을 한 번도 잊은 적 없던 사람처럼, 그전까지 아무 일도 없던 것처럼 아버지는 자연스럽게 기억을 떠올렸다.

중요한 것은 '사실'이 아니라 아버지가 믿은 '진실'이다

나이가 들면 같은 이야기를 여러 번 반복하는 경우가 많다. 같은 이야기를 계속 들으면 지루하기도 하고 어떻게 반응해야 할지 난감하다. 같은 이야기를 반복한다는 건 그만큼 중요해서다.

정신과의사인 친구의 할머니에 대한 이야기다. 할머니가 그에게 어떤 이야기를 시작하고 나면 얼마 지나지 않아 자주 이렇게 묻는다는 것이다.

"혹시 이 이야기, 내가 전에도 했니?"

친구는 전에 들었던 이야기가 맞지만 할머니가 조심스러워하는 것 같아서 이렇게 대답했다고 한다.

"응, 전에도 들었어. 그런데 할머니가 해주는 이야기는 몇 번을 들어도 재밌어."

'또 시작이구나'라는 자세로 들으면 지루해서 견디기가 어려울 것이다. 같은 이야기라도 주의해서 들으면 때에 따라서 추가, 생략, 강조되는 내용이 다를 수도 있다. 물론 매번 토씨 하나 틀리지 않고 똑같이 이야기한다면 이 또한 흥미롭지 않은가.

아버지는 전쟁 때 군에 지원했다. 다행히 실제로 비행 훈련을 받기 전에 전쟁이 끝났다. 다만 훈련 도중 전투기에서 빗발치듯 쏘아대는 기관총탄을 지근거리에서 받은 적이 있었다고 한다. 아버지는 집 옆에 난 도로를 가리키며 "여기서부터 저기쯤 되는 거리였다"며 그때는 정말 무서웠다고 했다.

"실제로는 더 멀리서 발사되었는지도 모르지만, 그때 죽음이란 게 얼마나 무서운지 절실히 느꼈지."

군에 왜 지원했냐고 물었더니 아버지는 이렇게 말했다.

"나라를 위해서라는 생각은 하지도 않았어. 어차피 스무 살이 되면 전쟁에 가야 하는데 차라리 빨리 가는 편이 낫다고 생각했지. 빨리 가서 조금이라도 높은 자리에 올라가면 좋겠다 싶었거든. 물론 군에 가는 건 명예로운 일이었지. 그렇지만 별다른 각오 없이 그저 단순한 마음으로 지원한 거야. 죽는다는 건 생각지도 못했다."

전쟁이 끝나고 아버지는 집으로 돌아왔다.

"8월 25일경에 돌아왔다. 그런데 하루 전에 아버지가 돌아가셔서 장례식 준비가 한창이었다. 사인은 영양 실조였지. 어머니는 결핵으로 12월에 돌아가셨고. 두 분 다 아직 60대였지."

나는 아버지의 이야기를 듣고 바로 적어두었는데 다시 들은 이야기는 사뭇 달라져 있었다. 다른 이야기에서는 아버지가 전쟁에서 돌아왔을 때, 두 분 다 돌아가신 상태이거나 아버지는 이미 돌아가셨고 어머니의 장례식날이 있기도 했다.

나는 궁금한 점이 한두 가지가 아니어서 아버지에게 자세히 캐물으려다가 말았다. 중요한 것은 사실이 아니라 아버지가 믿은 '진실'이다. 빗발치듯 발사되던 기관총탄의 공포와 전쟁 통에 겪은 부모님의 죽음이라는 사건에 대해 털어놓은 무렵의 아버지에게는 현실이 그때처럼 무섭게 느껴졌을 수도 있다. 아버지가 부모님의 죽음에 대해 그토록 여러 번 이야기한 이유는 어쩌면 자신의 죽음에 대해서도 생각한 바가 있기 때문이 아닐까.

아버지는 머지않아 전쟁과 부모님의 죽음에 대한 이야기를 더 이상 하지 않았다. 그 대신 다른 이야기를 되풀이하기 시작했다. 아버지는 결혼할 때까지 살던 집과 이웃집의 정경을 세세하게 설명해주곤 했다.

대체로 이 시절의 이야기는 아버지에게 좋은 기억으로 남아 있던 것 같다. 아버지는 할 수만 있다면 그때로 돌아가고 싶다고 말할 정도로 즐거운 시대의 기억이었다. 아버지가 좋은 시절에 대해 이야기한다는 것은 현재의 기분이 좋다는 뜻이리라.

그래서 나는 아버지가 어머니에 대해 잊고, 내가 아버지를 돌보기 위해 매일 찾아갔던 일을 까맣게 잊었어도 아버지를 원망하지 않았다. 그저 아버지가 평온한 나날을 보내고 있다면 그것만으로도 마냥 기쁠 따름이다.

과거를 되돌리려 하지 말고
지금 이 순간부터 다시 시작한다

아버지를 보며 혹시 내 아내가 치매가 생겨서 내가 누군지 알아보지 못하면 어떻게 될지 생각해보았다. 아내가 나에 대한 기억을 모두 잊어버린다면 어떻게 해야 할까. "당신은 내 아내예요." 이렇게 말하며 함께 찍은 사진을 보여준다 한들 기억이 되돌아올 리 없다. 과거로 돌아가서 다시 사랑을 하는 것은 불가능한 일이다. 현재, 바로 지금밖에는 사랑할 수 없는 것이다.

미래에 무슨 일이 일어날지는 아무도 알 수 없다. 가족이라고 해서 매일 똑같이 이어지는 관계가 아니라 매일 새롭게 시작하는 관계로 보려는 자세가 필요하다. 잊힌 과거를 끄집어내려하지 말고 지금 이 순간부터 다시 시작하는 것이다. 사랑에도 '갱신'이 필요하다. 병을 앓든 말든 상관없이 말이다.

어느 날 아버지는 한 사진을 보고 어머니에 대해 기억이 났다고 말했다고 한다. 아쉽게도 나는 그 자리에 없었다. 그때 아버지는 어머니의 무엇을 기억해냈던 것일까. 어머니의 얼굴일까, 아니면 어머니와 함께 살았던 나날들이었을까.

한번은 도쿄에 살던 친척이 아버지 병문안을 왔다. 돌아가신 고모의 남편이었다. 그런데 아버지는 고모가 온다며 반가워했다. 내가 아버지에게 "고모는 오래전에 돌아가셨어요"라고 아무리 말해도 아버지는 잠시 마음에 잔물결이 일어난 듯 미소를 지을 뿐 바로 다른 이야기로 넘어갔다.

치매는 이가 빠질 때와 비슷하다. 이가 빠지기 전에는 흔들리긴 해도 어떻게든 빠지지 않고 버티지만, 빠지고 나면 원래대로 돌아가지 못한다. 과거도 빠진 이와 같다. 특히 사랑니가 빠졌다고 하면 주변에서 놀라지만 어른이 되어서는 필요 없는 것이리라.

아버지는 늘 자유자재로 시공을 넘나들었다. 자신의 누이동생 시즈코가 아닌 사람을 보며 "쟤가 시즈코였던가?"라고 묻기도 했다. 그렇다면 아버지에게 나는 대체 누구일까. 누구든 상관없지 않을까?

내가 아닌 상대방의 논리로
이 세계를 다시 들여다본다

✤   아버지와 이야기를 나누다보면 이야기 구조에 나름의 체계가 있어서 듣는 사람은 이상한 부분을 눈치채지 못한다. 예를 들어, 나의 결혼 사실을 잊어버린 아버지는 돌보미 선생님에게 내가 아직 미혼인 것처럼 이야기하는 것이다. 나에 대해 잘 모르는 선생님은 처음에는 아버지의 말을 사실로 믿을 수밖에.

아버지가 해주는 이야기는 마치 꿈꿀 때와 비슷하다. 꿈속에서의 체험은 명쾌하다. 하지만 아무리 명쾌한 이야기라 해도 꿈은 어디까지나 꿈일 뿐이다.

꿈은 현실이 아니며 잠에서 깨면 끝이다. 꿈속에서 이건 꿈이 아닌가 하고 인식한 순간에도 꿈속의 논리는 파괴된다. 꿈은 어느 지점에서 명쾌하긴 하지만 모래 위에 세운 누각과 같아서 잠에서 깨면 우르르 무너진다. 아버지의 논리는 잠에서 깬 적 없이 꿈을 꾸는 사람과 비슷한 구석이 있다. 한번은 내가 결혼한 사실을 아는 사람이 아버지에게 물었다.

"아드님이 결혼을 안 했다고요? 아니에요, 아드님이 결혼한 지가 언제인데요."

"아뇨, 나는 아들 결혼식에 한번도 초대받은 적이 없어요."

아버지는 언제나 자신만만하게 대답했다. 아버지의 태도에 오히려 질문을 한 사람은 자신이 알고 있는 것이 확실한가 의심하게 된다.

치매가 있는 사람의 이야기가 좀 이상하게 들려도 즉각 부정하지 말라고 사람들은 조언한다. 그러나 부정하지 않는다기보다 상대의 논리로 세계를 바라보면 더 낫지 않을까 한다. 현실적인 기반이 없는 개인의 논리를 굳이 면전에서 부정할 필요는 없다.

부정할 필요가 있다고 하면 누군가의 생각이 꺾여야만 하는 것이다. 이때는 의연한 태도로 멈춰야 한다. 상대든 나든 서로에게 상처를 주는 일은 피하는 것이 좋다.

예를 들어, 아버지는 밥을 먹었는지 안 먹었는지 종종 잊어버리곤 했다. 그럴 때마다 아버지에게 "방금 밥 먹었잖아요"라고 민망한 듯 말하지 않고 "식사는 조금 전에 끝났어요"라고 부드럽게 말하기까지는 나도 제법 오랜 시간이 걸렸다.

어느 날, 아침 식사 후 잠든 아버지가 얼마 지나지 않아서 굳은 표정으로 일어났다. 오전 10시경이었다. 몸에 이상이 생겨 2개월간 입원하고 퇴원해서 집에 돌아왔을 때의 일이다.

"오늘 안에 돌아갈란다."

순간 무슨 얘기인가 싶어 너무 놀랐지만 일단 아버지를 소파에 앉게 했다. 아버지의 이야기를 마저 들어보니 지금 있는 집이 임시로 머무는 곳이라고 생각하는 것 같았다. 아버지는 어딘지 모르지만 '거기'로 돌아가야 한다고 했다.

"아, 그래요. 그런데 이곳을 떠나지 않아도 돼요. 여기가 우리 집이니까요."

"여기가 우리 집이라고?"

"네, 여기로 다시 이사를 왔어요."

"그럼 이제 어디로 가지 않아도 된다는 말이냐? 그런 줄도 모르고 난 계속 생각했지 뭐냐, 이제 돌아가야 한다고. 봐라, 저기에 나무가 있지? 나무 위를 가지치기를 하다가 봄이 되면 또 자랄 텐데, 게다가 이제 곧 떠날 텐데 뭐 하러 이걸 하고 있을까 말이다."

"아버지, 여기서 전철이 잘 보인다면서 내내 창밖을 봤던 거 기억해요?"

"아아, 기억하다마다. 그 꽃을 뭐라고 하더라…… 동백꽃인가? 거기에 새가 자주 날아왔지. 내가 잘 아는 새여서 한동안 지켜보곤 했어. 맞다, 내가 똑똑히 기억하고 있었는데……"

이때부터 이야기는 현실에서 벗어나기 시작했다.

"연말 12월 30일이었어. 거기에 하얀 집이 두 채 있었지. 연말에 공사를 한다고 해서 놀랐는데 별안간 하얀 집이 지어져서 또 놀랐지."

아버지는 12월 30일에 이미 입원한 상태였고 아버지가 말하는 '하얀 집'은 훨씬 전부터 그 자리에 있었다. 아버지는 내가 냉정하게 사실을 이야기해주면 그때는 이해하는 듯했지만 이내 잊어버리곤 했다. 그래서 정색하고 잘못을 지적해봤자 아무 소용이 없다.

아버지가 지금 안전하고 안락하게 있어주기만 한다면 어느 시대, 어디에서 살고 있다고 믿든 아무 상관이 없다. 아버지가 이것도 기억하지 못하고, 저것도 기억하지 못해서 놀라거나 실망하거나 슬프거나 곤혹스러울 때가 분명 있다.

하지만 그것은 가족이 해결할 문제이지 아버지가 해결할 문제가 아니다. 가족이 힘들다고 해서 아버지에게 제발 현실을 좀 제대로 보라며 강요할 수는 없다. 아버지는 자신이 알고 있는 어딘가의 세계에 머물고 있으므로.

누군가를 돌볼 때는 그 사람의 세계로 들어가야 한다. 안타깝게도 그 반대는 불가능하다. 잘못되었다고 비판할 수도, 더 나은 방향으로 바꿀 수도 없다. 무엇이 '더 나은지'조차 누가 정확히 판단을 내릴 수 있겠는가.

시간에는 두 가지 축이 있다는 사실을 이해하자

◆   몇 년 전 뇌출혈로 쓰러져 오랜 시간 입원을 했던 작가 헨미 요는 매일 이런 질문을 받았다고 한다.

"이름이 뭐예요? 오늘은 몇 년 몇 월 며칠이죠? 1 더하기 1은?"

어린아이도 알 만한 질문들을 자신한테 하다니, 작가는 이 사람들이 지금 자기를 무시하고 있구나라고 생각했다고 한다. 질문에 정확하게 대답해야만 '현실 세계'로 복귀할 수 있는 자격을 얻을 수 있었다. 하지만 그는 대답을 하지 못했다.

"나는 틀림없이 사적인 시간축에서 살고 싶었던 것이다. 세계에 귀속되고 싶지 않았다."

의료인은 때때로 억지로라도 환자를 현실 세계로 데려오려 한다. 하지만 오늘이 며칠인지 몰라도 아무 문제가 없는 사람도 있다. 1 더하기 1을 계산하지 못해도 곤란하지 않을 수도 있다.

헨미 요는 훗날 치매가 있는 한 할머니를 인터뷰했는데 그의 질문을 듣던 할머니는 그만 잠이 들고 말았다. 그런데 알고 보니 할머니는 잠이 든 게 아니라 '자는 척'을 했던 것이다! 할머니는 자는 척을 함으로써 질문에 대답하지 않고 버틸 수 있었다. 질문이 끝나자 할머니는 눈을 뜨고 그에게 윙크를 보냈다.

"그 표정은 '아니, 뭐 이런 바보 같은 질문이 있어요?'라고 말하고 있었다."

환자가 사적인 시간축에서 살 수 있도록 전면적으로 허용되는 환경이 있다면 좋겠지만 그것은 현실적으로 불가능하다. 혼자 살아갈 수 있으면 몰라도, 다른 사람들과 함께 살아가기 위해서는 공통의 시간축을 이해해야 한다. 그것을 이해하지 못하면 함께 살기가 힘들어진다.

우리가 공유하고 있는 공통의 시간축을 가진 세계로의 복귀는 반드시 필요하다. 환자가 바라는지 바라지 않는지, 어느 정도 복귀할 것인지의 문제는 제쳐두더라도 말이다.

나는 심근경색으로 관상동맥 우회술^{좁아진 관상 동맥을 대체할 수 있는 혈관을 연결하여 심장에 혈류를 공급하는 우회로를 만들어주는 수술}을 받았다. 마취에서 깨어나자마자 호흡기를 떼는 바람에 사적인 시간은커녕 시간이 흐르지 않는 세계에서 공통의 시간축이 지배하는 세계 속으로 억지로 다시 끌려나온 것 같았다.

의식이 돌아오자 내가 모르는 사이 꽤 오랜 시간이 흐른 것을 알게 되었다. 잠자는 동안에는 의식을 잃은 것은 아니라서 어렴풋이나마 시간의 경과를 느끼게 되는데, 전신이 마취가 되면 갑자기 막이 내리는 것처럼 그 즉시 '나'는 시간과 함께 소멸된다.

근이완제가 투여되고 미동조차 할 수 없는 가사 상태^{죽은 것처럼}
^{보이지만 실제로는 살아 있는 상태}에 있던 나는 사적인 세계 안에 있으면서도
한없이 죽음에 가까이 가고 있었다. 그 사이 의식이 없어서 아
무것도 기억하지 못했지만 막상 현실의 세계로 돌아오자 모처럼
좋은 꿈을 꾸고 있었다가 갑작스레 깬 것 같은 아쉬운 기분이
들었다.

평소에는 죽음을 두려워했는데 죽음과 같은 상태에 빠져든
것이 전혀 무섭지 않았다. 오히려 무미건조한 알람 소리에 눈을
떴을 때와 같은 기분이었다.

아버지는 내가 심근경색으로 쓰러져서 수술을 받은 사실을
기억하지 못했다. 어느 날 아버지의 기억 속 안개가 걷혔을 때
내가 늘 아버지 곁에 있었다는 사실을 알게 되면 아버지는 너무
곤혹스럽지는 않을까? 안개가 걷히고 현실로 돌아온다고 하면
아버지가 대체 어떻게 나올지 궁금했다. 갑자기 공통의 시간축
의 세계로 돌아온 아버지를 향해 나는 감정적으로 대응하지 않
을 수 있을까?

아버지의 시계는 과거와 현재가
자유자재로 연결된다

아버지가 아침 산책을 하고서 저녁나절이면 그 사실을 잊어버렸을 때 처음에는 나도 많이 놀랐다. 그러나 차츰 방금 전 일도, 우리가 함께한 일도 아버지가 싱겁게 잊어버리는 것을 보면서 곧 익숙해지게 되었다. 그렇게 많은 사람이 나처럼 마음속에 무언가를 내려놓으며 힘이 빠지는 기분을 느꼈을 것이다. 내가 무엇을 하더라도 돌봄의 대상은 잊는다. 그럼에도 기억되지 못할 수고를 계속해야 한다.

지난 일을 잊어버리는 아버지의 시제에 과거형은 없다. 오직 현재형만 있을 뿐이다. 그때 기억나려나, 우리 같이 갔던 거기, 이런 일도 일었는데 기억해? 아버지에게 과거형으로 물으면 어떤 대답이 돌아올지 뻔히 알면서도 내심 아버지가 온전한 정신으로 대답해주기를 기대했다. 아버지는 과거와 현재를 자유자재로 연결시켜 사는 것처럼 보였다. 아버지에게는 현재형밖에 없다고 생각하면 아버지의 말과 행동이 명확히 이해가 된다.

한번은 아버지가 간호사로부터 음주에 대한 질문을 받고 이렇게 대답했다.

"지금은 술은 거의 마시지 않아요. 사교상 조금 마시는 정도지요."

물론 아버지가 '지금'은 물론 '사교상' 누군가와 어울리는 일은 없었다. 과거의 일은 과거로, 현재의 일은 현재로 시간순으로 배치해서 말해야 하는데 아버지는 그렇게 하지 못했다.

어느 날에는 아버지가 간호사와 이런 이야기를 나눴다.

"이렇게 가만히 있으면 말이죠, 숨쉬기는 편해요. 그런데 제가 심부전을 앓고 있어서 이건 이제 고칠 수가 없으니 방도가 없지만은 어쨌거나 화장실에 내려갔다가 계단을 다시 올라와야 할 때는 숨이 찹니다."

아버지는 이때 계단을 쓰고 있지 않았으므로 나는 아버지가 과거의 일을 말하고 있음을 알아차렸다. 아버지는 과거와 현재를 구별하지 못했다. 간호사가 배변에 관해 묻자 아버지의 대답은 이랬다.

"그게 요즘에는 잘 나오지 않아서요."

실제로는 평소 관장을 해서 배변에는 별 문제가 없었다. 간호사도 그 부분을 도와주기 위해 온 것이었다. 아버지의 기억이 지워졌으므로 아버지가 말한 '요즘'이 언제적 이야기인지는 알 수 없다.

부모에게는 마음을 의지할 수 있는
친구가 필요하다

아버지가 점심을 먹자고 했을 때 조금만 더 기다려달라는 내 말에 불같이 화를 냈을 때, 나는 아버지를 내버려두지 않고 바로 점심을 준비하기 시작했다. 아버지가 치매를 앓지 않고 우리가 같이 살 때도 이처럼 똑같이 아웅다웅한 적이 많았기 때문에 아버지의 반응이 이상행동증상이라고 하기도 뭐했다. 내가 부랴부랴 식사를 준비해 내가자 아버지는 싱글벙글 웃으며 말했다.

"잘 먹겠습니다!"

예전이라면 아버지와 내 주변을 감싸고 있던 긴장감이 바로 풀리지 않았을 것이다. 아버지는 방금 전까지 우리가 주고받은 대화를 말끔히 잊었다.

아버지는 바로 잊었지만 나는 그러지 못했다. 나는 감정이 동요됨 없이 차분하게 바로 다 있을 수 없었다. 그러나 아버지가 정 원한다면 이제 정말 내버려두자고, 따지고보면 잊지 못할 것도 없다고 혼자 오랜 시간을 고민하다가 마음을 가라앉혔다.

나는 아버지를 돌보며 오전 8시, 점심 12시, 오후 5시, 이렇게 하루 세 번 식사를 내갔다. 대체로 시간은 정해져 있지만 날에 따라 조금 늦어질 수 있다. 정확한 시간에 식사가 준비되지 않으면 화를 내는 것은 공통의 세계에 살고 있지 않기 때문이다. 다른 사람과 함께 살아가는 세계에서는 예정된 시간이 조금 달라지더라도 이해하고 받아들 수 있어야 한다.

만일 가족이 기를 쓰고 부모의 잘못을 정정하려 하면 부모는 가족 안에서 자신이 있을 자리를 잃게 된다. 부모가 하는 말이 사실이 아닐 수도 있지만 '부모에게는 진실'이라고 받아들이면 좋겠다. 부모에게 해가 되는 일이 아니라면 설령 사실이 아니라 해도 부모의 이야기를 황당무계하다며 무시하지 말고 누군가 받아주는 사람이 있어야 한다.

'받아들인다'는 것은 부모가 하는 말을 인정한다는 의미는 아니다. 가족 모두가 부모의 말을 부정하고, 부모의 행동을 계속 부정하면 부모에게는 마음을 의지할 '친구' 한 명이 없는 것이다. 받아들인다는 것은 그저 그렇게 들어주는 것이다.

아버지의 세계에서 내 존재가
받아들여지고 있다는 것

◆   아버지와 함께 있으면 내가 아버지를
보듯이 아버지가 나를 보는 것 같지는 않았다. 내 질문에 아버
지가 대답을 하긴 했지만 나에게 다시 질문을 하는 경우는 매우
드물었다.

"아버지, 몸은 괜찮아요? 아픈 데는 없어요? 밤에 잠은 잘
주무시고요?"

"어디 아픈 데는 없어. 밥도 맛있고. 밤에도 잘 잔다."

대화에서 상호 작용이 사라지면 상대가 내게 관심이 없는 것
처럼 느껴진다. 그럴 때면 같은 공간에서 나는 아버지에게 '타자
others'로서 인정받지 못한다는 생각이 들었다. 어려운 이야기를
하려는 것은 아니다. 다만 아버지가 자신의 세계에서 나오려고
하지 않을 때, 내가 아버지의 세계에서 타자로서 인정받지 못할
때면 힘든 부분이 있었다.

치매가 있는 사람이 타자를 인정할 수 있게 되면 회복 그 이
상의 의미로 여겨진다. 이는 방금 전 일을 잊어버리는 기억장애

를 회복하는 것보다 훨씬 어려운 일이기 때문이다. 드물지만 아버지가 나를 타자로 받아들일 때가 있었다.

언젠가 저녁, 아버지는 주간 보호 센터에서 녹초가 되어 돌아왔다. 저녁 식사 후 멍하니 있던 아버지가 나에게 물었다.

"밖에 비가 오니?"

"지금은 안 와요."

"어서 집에 가렴, 조심하고. 나는 이만 자련다."

그 순간 나는 아버지의 반응에 깜짝 놀랐다. 아버지는 늘 자신이 어디에 있고 왜 여기에 있는지 알지 못하는 것처럼 보였다. 그러나 그때만큼은 아버지가 자신이 어디에 있는지 정확히 알고 있는 것처럼 느껴졌다.

주간 보호 센터의 장점이라면 아버지가 그곳에 있는 직원들과 커뮤니케이션을 할 수 있다는 것이다. 그런 대화가 아버지에게 어느 정도 도움이 되지 않았을까.

참고로 직원이 아닌 센터에 온 사람들끼리는 대화를 거의 나누지 않는다. 설령 말을 걸어도 상대는 대부분 대답을 하지 못한다. 아버지는 직원들에게 한번씩 먼저 말을 걸곤 했다. 그래도 질문이 길게 이어지는 경우는 드물었다.

어머니가 돌아가시고 내가 결혼을 하기 전까지 얼마 동안 나는 아버지와 단 둘이 살았다. 어머니의 죽음이라는 슬픔과 빈자리가 너무 컸으나 당장에 밥을 먹고 살아가는 일이 과제였다. 처음에 아버지와 나는 밖에서 식사를 해결했다. 외식이 점점 질려갈 때쯤 아버지가 말했다.

"이제 누군가는 만들어야지."

누군가는 당연히 '나'였다. 그전까지 아버지와 나는 음식을 직접 만들어본 적이 없었다. 그래서 나는 난생처음 요리 책을 사서 음식을 만들기 시작했다.

아버지는 자신이 직접 음식을 하려고 하지 않았다. 그때 이후로 늘 밥을 차리는 일은 늘 내 몫이었다. 그 당시 비상근직으로 일하던 내게 아버지는 '어서 제대로 된 일자리를 구하라'며 잔소리를 했다. 아버지의 잔소리에도 연구직 자리가 거의 없어서 내 힘으로는 어떻게 할 수 없는 상황이었지만 아버지가 그런 내 형편을 이해할 리 없었다. 학교를 졸업하고 바로 취직했던 아버지에게 서른이 넘도록 제대로 된 직장에 다니지 못하는 아들은 도저히 상식 밖의 일이었다.

어쨌거나 다른 사람에 비해 시간을 자유롭게 쓸 수 있던 나의 상황은 아버지가 받아들이든 받아들이지 못하든 현실이었고 어느 정도 일상화되었던 것 같다. 한번은 아버지의 의식이 그 무렵에 멈춘 게 아닌가 하는 생각이 들었다. 그렇기 때문에 내가 매일 아버지를 보러 가도 제대로 된 일자리를 구하라는 잔소리를 하지 않는 게 아닐까? 아무래도 아귀가 딱 들어맞았다. 다만 아버지가 내가 같이 사는 줄 안다고 생각할 때도 있었으나 실제로 그렇지는 않았다. 아버지를 밤에 혼자 두는 게 너무 불안하다고 말했을 때 아버지는 의외로 이렇게 대답했다.

"같이 살 수는 없니?"

"아, 안 돼요."

"왜 안 되는데?"

같이 사는 건 안 된다는 나의 말에 아버지가 강한 어조로 되물어서 놀랐던 기억이다. 아버지가 나에게 돌아오라고 한 것은 자신이 있는 장소를 인식하고 있다는 증거이자 비록 오래 지속되지 않는다고 해도 회복의 조짐이다. 아버지가 내가 처한 상황을 이해한 순간 나는 아버지의 타자로서 존재했다. 타자를 인정할 수 있는 것이야말로 미약하게나마 치매 회복의 증거이리라.

부모가 기억을 하는지
떠보려고 질문하지 않는다

✦　　　　　부모가 밥을 먹은 사실을 잊었는지 안
잊었는지 떠보는 질문은 오히려 관계를 악화시킨다. 거의 잊어
버린다면 굳이 물어봐서 확인하려 하지 말자.

하루는 아내에게 아버지 돌봄을 대신해달라고 부탁을 하고
일을 보러 갔다. 일을 마치고 아버지에게 갔더니 이미 저녁 식
사를 마친 뒤였다. 나는 아내한테 아버지가 저녁을 먹었다는 것
을 들어서 알고 있었는데 혹시 몰라서 아버지에게 물어보았다.

"아버지, 벌써 저녁을 드셨어요?"

"먹었는지 안 먹었는지 기억나지 않는다고 하면 저녁을 한
번 더 줄 거니?"

아버지의 엉뚱한 대답에 우리는 서로 껄껄 웃고 말았다.

부모와 함께 있으면 이래저래 힘든 일이 일어나지만, 어쩌다
이렇듯 불시에 일상의 행복한 순간이 찾아오기도 한다. 아버지
가 웃으면 나도 좋았다. 한편으로는 아버지에게 한 방 먹은 기
분도 들었다.

부모로부터 칭찬받는 것을
기대하지 말자

상대가 자기보다 아래라고 생각하면 말투도 따라간다. 부모든 자식이든 실수나 잘못을 했을 때 큰 소리로 나무란다면 상대를 자기보다 아래로 보고 있는 것이다. 칭찬도 마찬가지다. '잘했다', '장하다'는 말은 못 할 것 같았는데 해냈을 때 하는 말이다. 반드시 그런 의도는 아니더라도 일종의 평가를 의미한다. 이는 아이와 어른 둘 다에 해당한다.

이와 같은 일이 부모에게 없었는지 돌아보라. 부모를 돌보는 사람이 그런 의도로 말하지 않았더라도 부모에게 '잘했다', '장하다'고 하는 칭찬을 들었을 때 가족으로서 기분이 좋지 않은 것도 같은 이유에서다. 설령 부모가 치매가 있다 하더라도 대등한 사이라면 본래 야단도 칭찬도 할 수 없을 것이다.

이것은 당신도 명심을 하면 좋겠다. 즉 부모로부터 칭찬받는 것을 기대하지 말자. 물론 '고맙다'는 인사는 상대의 공헌에 주목하는 말로, 상하 관계에서 이뤄지는 칭찬과는 다르다. 하지만 감사 인사를 다른 사람에게 듣기를 기대하면 칭찬받고 싶어 하는 아이와 크게 다르지 않을지 모른다. 특히 부모를 돌보는 경우, 안타깝게도 자식은 부모로부터 고맙다는 말을 듣기조차 어려울 수 있다.

아버지는 고맙다는 말을 하는 사람이 아니었다. 그런데 내가 아버지를 돌본 뒤부터 식사를 차리면 아버지는 내게 고맙다고 말했다. 물론 뜻밖에 아버지로부터 고맙다는 인사를 들으면 기쁨은 당연히 크다. 그러나 치매가 있는 아버지로부터 설령 고맙다는 말을 듣지 못했다고 해서 아쉬워하지는 않았을 것 같다. 만일 부모로부터 고맙다는 말을 들어야 만족할 수 있을 것 같다면 돌봄의 기간이 길어질수록 힘들게 느껴질 수 있다.

부모가 자식이 건강하길 바라듯
자식도 부모가 안녕하길 바라자

흔히들 생산적이지 않으면 가치가 없다고 믿기 마련이다. 그러나 이런 생각을 가족에게까지 적용하기란 어렵다. 만일 그런 믿음으로 살아온 사람이 있다면 '지금 살아 있는 것' 자체로 가족에게 공헌하고 있다는 사실을 알려주기 바란다. '지금이라도' 말이다.

집 근처에 나와 유치원을 함께 다녔던 친구의 어머니 한 분

이 계속 살고 있었다. 나는 어머니와 지나는 길에 우연히 종종
마주치곤 해서 한번씩 인사를 나누었다.

"어머니, 안녕하셨어요?"

"응, 잘 지냈지?"

"참, 올해 연세가 어떻게 되시죠?"

"여든인가 아흔인가 그래. 그러고 보니 자네도 다 컸네."

내 어린 시절의 모습을 기억해주시는 어머니가 감사해서 나
는 몸 둘 바를 몰랐다. 그러다 한동안 어머니의 모습이 보이지
않아서 걱정이 되던 차에 어느 이른 아침, 집 앞에서 어머니를
다시 만날 수 있었다. 어머니는 이번에 출근이나 등교를 하는
사람들의 자전거를 맡아주는 일을 하게 되었다며 다소 긴장한
듯 들뜬 모습이었다. 아직 사회에서 할 수 있는 일이 있어서 그
런지 어머니의 모습은 평소보다 더욱 건강하게 느껴졌다.

건강이라면 부모는 아이가 아플 때 부디 건강하기만을 기도
하며 바라곤 한다. 평소 너무 건강해서 버겁게 느껴지던 아이도
갑자기 열이라도 나서 기운을 차리지 못하면 부모 마음은 세상
그 무엇보다 자식의 회복만을 간절히 바라게 되는 것이다.

부모가 자식의 건강에 대한 바람을 자식이 아플 때만이 아니

라 늘 가지고 있으면 좋겠지만 대체로 병이 나으면 금새 잊어버리고 만다. 그렇지 않다면 자식이 말썽을 부려서 부모의 마음이 흔들리더라도 용서를 해줄 수 있을 것이다.

자식의 입장에서 나이 든 부모를 대할 때도 마찬가지다. 존재 차원에서 부모를 받아들일 수 있으면 설령 부모가 어제 할 수 있었던 일을 오늘 하지 못하게 되었다고 해도 별 문제가 되지 않을 것이다.

아버지는 밤에 혼자 지냈으므로 아침에 아버지의 얼굴을 보기 전까지는 불안감이 컸다. 아버지는 대게 일찍 일어나 있었는데 간혹 일어난 기척이 없고 아버지가 방에서 잠을 자고 있으면 내심 걱정이 들었다. 아버지가 혹시라도 숨을 쉬고 있지 않은지 불안한 마음에 나는 숨을 죽인 채 아버지의 가슴의 움직임을 살폈다. 아버지가 깊이 잠들어 있는 것을 확인하면 그제야 안도할 수 있었다.

'아버지가 살아 있어서 다행이다.'

부모가 자식이 건강하기만을 바라듯 자식도 나이 든 부모가 안녕하길 바란다면 가장 좋을 것 같다. 부모와의 관계를 이렇게 바라보면 어떤 일도 긍정적으로 여길 수 있을 것이다. 부모가 세상을 떠나고 나서야 부모의 큰 빈자리가 느껴진다. 그전에는 아무런 역할을 하지 못하는 것처럼 보였던 부모가 사실은 가족의 중심이자 통합의 상징으로 공헌했음을 깨닫기도 한다.

생산성이 최고의 가치이며 생산성으로 인간의 가치를 재며 살아온 사람은 자신이 나이가 들어서 아무것도 하지 못하게 되었을 때 서글픈 마음에 현실을 외면하려 한다. 살아 있는 것 자체로 가족에게 공헌하고 있다는 사실을 부모에게 알려주고 용기를 줄 수 있다면 치매 진행을 조금이나마 늦출 수 있을지도 모른다.

부모가 가족에게 도움이 된다는 사실을 알려주자

아버지는 오랫동안 혼자 살았다. 그런데 어느 날부터 아버지의 전화 목소리가 약해졌음을 느꼈다. 몸도 자꾸 아프다고 해서 아버지와 전화를 끊고 나면 늘 걱정이 되었다.

돌아보면 내가 심근경색으로 입원했을 무렵, 아버지는 건강했고 내 병문안을 오기도 했다. 어쩌면 그때 아버지는 가족에게 공헌하고 있다는 감정을 느꼈을지도 모른다. 다 큰 아들이 병으로 쓰러졌을 때 당신이 보러 올 수 있을 만큼 아직 건강했기 때문이다. 자식이란 어느 정도 키워놨다고 해서 안심이 되지 않고 언제까지나, 어쩌면 평생 부모의 걱정거리다. 오히려 자식이 사는 모습에 불만을 느껴 분노하거나 불안해하는 부모가 더 건강하게 지내는 것처럼 보이기도 한다.

부모가 건강하다면 그만큼 다행인 것도 없다. 설령 그렇지 않더라도 부모는 살아 있음으로써 존재의 가치가 충분하다. 그러니 나이 든 부모가 할 수 있는 일이 없다고 해서 투명 인간으로 여기지 말자.

가족끼리는 말하지 않아도 다 안다고 생각하면 착각이다. 가족이라서 더욱더 말해줘야 한다. 사소한 일이라도 서로에게 '고맙다'고 이야기한다면 생각하지 못한 큰 변화가 일어날 것이다. 부모가 밥 한 그릇을 싹 비우면 다 먹어서 기분이 너무 좋다고 말해주고, 어머니 아버지가 있어서 덕분에 안심하고 지낼 수 있다고 말해보자.

특별한 일이 아니어도 괜찮다. 특별한 일에만 고맙다고 하면 나이 든 부모는 이제 아무것도 하지 못하게 되었다며 용기를 잃게 된다.

나는 아버지가 식사 시간 이외에는 거의 잠을 잤으므로 그 시간 동안 컴퓨터로 원고를 쓰거나 책을 읽었다. 언젠가 이 이야기를 지인에게 말해주었더니 "아버님이 지켜보는 데서 일을 하다니 부럽네요"라고 해서 사뭇 놀랐다. 지인의 말대로 나 혼자 일했더라면 피곤할 때 자꾸 딴짓이 하고 싶어져서 일에 집중하지 못했을 것이다. 아버지와 함께 있는 덕분에 나는 매일 많은 책을 읽고 원고를 쓸 수 있었다.

특별한 일을 하지 않아도 가족에게 도움이 된다는 사실을 알면 부모는 일부러 가족에게 짜증을 내거나 화를 내게 하지 않아도 된다는 것을 배운다. 따라서 가족은 부모가 저지르는 난처한 행동이나 문제 행동이 아니라 부모의 존재에 주목해야 한다. 뭔가 특별한 일이 아니어도 부모가 살아 있는 것 자체에 주목하면 된다.

아버지는 지금 내가 누군지 알지만 비록 내가 누군지 모른다 해도 아버지에 대한 내 태도가 달라질 필요는 없을 것 같다. 만일 아버지가 나를 알아보지 못한다면 정신적으로 충격이 클 것이다. 하지만 부모의 입장에서 생각하는 수밖에 방법은 없다. 아버지에게 기억을 떠올리게 하기보다 오늘 아버지와 처음 만났다고 생각하는 편이 관계나 돌봄에 도움이 될지 모른다. 물론 쉽지 않은 일이지만 오늘 이 순간, 나는 이 사람과 처음 만났다고 생각하며 하루를 시작한다. 그때, 이미 과거는 없다.

자식으로서 부모에게 공헌할 기회가 있다는 것이 중요하다

✦   부모 돌봄은 힘든 일이다. 애써 식사를 막 차렸는데 먹고 싶지 않다고 하면 힘이 빠지고 더 이상 아무것도 하고 싶지 않다. 뭘 해도 부모가 기억하지 못하고, 뭘 해도 부모가 당연하다는 태도로 받아들이면 돌봄의 힘듦은 견디더라도 보람을 느끼기는 어려울 것이다. 그렇지만 가족에 대한 공헌이란 기본적으로 보답을 바라지 않는 감정이다.

나는 가족의 저녁 식사 준비를 담당할 때가 많은 편이다. 하지만 내가 가족을 위해 식사를 준비한다는 것을 가족이 알아주길 바라지는 않는다. 한번은 평소보다 일찍 돌아온 딸이 저녁에 카레라이스를 먹자고 했다.

"아빠, 오늘은 카레라이스 먹자. 나도 도울게."

저녁 식사를 도와준다면 나야 고마운 일이다. 무엇보다 아이와 함께 무언가를 같이 한다는 것 자체가 즐거운 일이다. 그날 나는 아이를 위해 더 힘을 내서 장을 보고 카레를 만들 준비를 시작했다.

그런데 도와준다고 말했던 딸이 아무리 기다려도 제 방에서 나오지 않았다. 무슨 중요한 일이 생겼겠거니 하며 밑 재료를 준비했을 때쯤 딸은 주방으로 와서 나머지 일을 대신해주었다.

물론 아이가 처음부터 저녁 준비를 함께해주었다면 훨씬 좋았을 것이다. 하지만 아예 도와주지 못했다 하더라도 나는 평소처럼 가족의 식사를 준비한 것 자체로 공헌감을 느꼈을 것이다. 가족이 도와주든 그러지 않든 나의 자발적인 공헌의 의미는 달라지지 않는다.

부모와의 관계에서도 자식으로서 부모에게 공헌할 기회가 있다는 것이 중요하다. 그 기회를 빌어 충분히 공헌감을 느꼈다면 부모에게서 감사 인사를 기대하지 않아도 된다. 특히나 자식으로서 부모에게 고맙다고 말하지 못한 사람이 반대로 부모에게 기대를 한다면 공정하지 않지 않은가.

부모에게 해줄 수 있는 것과
해줄 수 없는 것을 구별하자

◆　　　　　　　　부모가 혼자 살지 못하게 되는 모습을 자식으로서 지켜보는 일은 슬프다. 그렇지만 부모를 돌볼 때 기본적으로 자식은 부모를 행복하게 해줄 수 없다는 사실을 명확히 인지하고 있어야 한다.

부모만이 아니라 인간은 인생의 어떤 순간에도 다른 누군가에 의해 행복해질 수 없다. 부모는 아이를 키우며 행복하게 해주려고 노력한다. 부모가 아이의 행복을 바라는 것은 잘못이 아니다. 하지만 부모는 아이를 진정 행복하게 해줄 수 없다. 자신의 힘으로 살아갈 수 있는 아이가 진정 행복할 수 있다.

물론 아이가 어릴 때는 부모의 손길이 필요하다. 하지만 아이는 부모가 깨닫는 시기보다 더 먼저 자립한다. 부모와의 관계가 양호하면 아이의 자립 시기는 더욱 빨라진다. 또는 부모의 단점을 보고 반면교사로 삼아 빨리 자립을 결심하는 아이도 있다. 이 경우 아이는 부모에게서 더 이상 기대를 하면 안 된다고 생각한다.

일반적으로 아이가 자립에 성공하면 육아에 성공했다고 볼 수 있다. 아이는 부모가 없어도 자라고, 부모가 있어도 자란다. 이런 점에서 부모만으로 아이는 행복할 수 없다. 아이가 진정 행복해지기를 바란다면 부모는 아이에게 도움이 필요할 때 도움의 손길을 내밀어줌으로써 곁에서 도울 수 있다. 실제로 부모가 자식을 위해 할 수 있는 것은 그리 많지 않다. 부모라 해도 아이를 대신해 살아줄 수는 없기 때문이다.

아이가 이제 나이 들고 약해진 부모를 돌볼 때도 마찬가지다. 자식은 부모를 진정 행복하게 해줄 수 없다. 물론 자식이 부모를 위해 해줄 수 있는 일이 아무것도 없다는 뜻은 아니다. 자식이 부모에게 해줄 수 있는 것과 해줄 수 없는 것을 구별해야 한다는 뜻이다.

나는 아버지가 잠을 자며 보내는 대부분의 시간이 무슨 재미가 있을까 싶어서 자는 시간을 줄이는 대신 이런저런 일을 하며 하루를 의미 있게 보내기를 바랐던 적이 있었다. 그러나 그런 바람은 자식인 내 마음이었다. 나의 희망 사항을 부모에게 강요할 수 없다. 그것은 마치 부모가 텔레비전을 보며 쉬고 있는 아이를 다그치며 공부 좀 하라고 잔소리를 하는 것이나 다름없다.

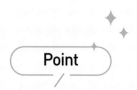

부모는 살아 있는 것만으로 가족에게 공헌하고 있다.

부모가 마음을 털어놓을 수 있는 친구가 되자.

인간은 다른 누군가의 힘으로 행복해질 수 없다.

아 버 지 를   기 억 해

Chapter 5

부모 돌봄에

도움을 주는 사람들

'염라대왕의 장부'라고 불린
나의 간병 노트

　　아버지를 돌보기 위해 급하게 전에 살던 집으로 모셔왔지만 처음부터 뚜렷한 계획이 있던 것은 아니었다. 국가의 노인 간병 제도를 이용하려고 시청에 갔더니 먼저 간병이 필요한지 진단을 받아 와야 한다고 했다. 진단을 어디서 어떻게 받아야 할지 궁금했지만, 시청 직원은 주치의 소견서를 받아오라며 종이 한 장을 달랑 건네주었다.

　　아버지에게는 지병이 있어서 일단 새로운 병원을 찾아 진단서를 받기로 했다. 아버지는 협심증 외에 폐기종을 앓았다고 했다. 기실 아버지의 말을 듣기만 했지 진찰을 받았을 때 동행하지 않아서 확실한 내용은 알 수 없었다. 아버지는 폐기종을 고칠 수 없다고 말한 의사와 그만 대판 싸우는 바람에 더 이상 병원에 가지 않게 되었다고 했다.

아버지는 협심증 치료 후 몇 년간은 정기적으로 검사를 받았으나 언제부터인가 검사를 받지 않고 있었다. 뒤늦은 후회지만 병에 대해 아버지에게 무조건 맡기지 말고 어떤 질환을 앓고, 어떤 약을 복용했는지 알아두어야 했다. 아버지는 아마도 약 복용도 제대로 하지 않았을 것이다.

병원에서 협심증과 폐기종은 검진하는 과가 다르다. 호흡기과와 순환기내과 양쪽에서 검사를 받아야겠지만 내가 심근경색으로 입원했던 병원 내과에서 검진을 받고 새로운 약을 처방받았다. 이렇게 해서 일단 검진을 받았으나 앞으로 어떻게 해야 할지는 여전히 알 수 없었다.

다행히 노인 간병 제도에 대해 잘 아는 처남에게 해당 지원 센터를 소개받아 연락을 했다. 연락 즉시 요양보호사가 집으로 찾아와서 간병이 얼마나 필요한지 확인하는 절차를 밟을 수 있었다.

아픈 가족을 돌볼 때는 그 가족이 모든 것을 도맡는 것이 아니라 적절한 간병 제도를 반드시 이용해야 한다. 돌봄의 부담을 줄이지 못한 채 가족이 오랫동안 희생을 하게 되면 무리가 되어 반드시 문제가 생긴다.

물론 간병 제도를 이용한다고 해서 전적으로 맡길 수 있는 것은 아니다. 간병 서비스는 도움을 받는 것이며 가족이 하는 일은 여전히 많다. 요양보호사, 간호사, 돌보미 선생님을 비롯해 센터 관리자 등 가족은 각자의 역할을 맡은 사람들 사이에서 연락과 조정을 하고 아버지의 병세가 달라지면 함께 의논을 한다. 이런 역할은 주로 요양보호사의 일이지만 그렇다고 가장 가까운 가족을 대신할 수는 없다.

만일 나처럼 주보호자로 부모 돌봄을 맡았을 경우에는 혼자 계속하기는 힘들기 때문에 다른 가족이나 함께 살지 않는 형제자매에게 한번씩 도와달라고 부탁하는 것을 권한다. 도움을 받는 것도 일이라서 평소 부모의 상태를 잘 정리해놓거나 알려줄 수 있는 사람이 있으면 어떻게 해야 할지 우왕좌왕하지 않을 수 있다.

나는 어머니가 입원했을 때 노트 한 권에 어머니의 상태, 치료와 검사, 의사와 간호사에 대해 세세히 기록해놓았다. 그 노트를 가리켜 한 간호사는 우스갯소리로 '염라대왕의 장부'라고 부르며 두려워했다.

장부를 보면 어머니에게 무슨 일이 있었는지 샅샅이 알 수 있었기 때문이다. 나는 어머니 침대 맡에서 일어나는 모든 일을 노트에 빼곡히 적곤 했다. 그렇다고 내가 의료인을 평가해서 기록한 것은 아니며 간호사가 쓰는 간호 기록의 '가족 판'이라 할 수 있었다.

아버지를 집에서 돌볼 때도 따로 노트를 준비해서 나도 적었고, 간호사와 돌보미 선생님에게도 방문할 때마다 적어달라고 부탁했다. 정식 기록 외에 따로 노트에 쓰는 일이 부담이 되었을 텐데도 불편한 내색 없이 부탁을 들어준 선생님들께 감사했다. 내가 늘 아버지 곁에 있을 수 없어서 노트에 남겨준 글은 큰 도움이 되었다. 사람들마다 온도 차가 있기는 했지만 아버지를 돌봐준 사람들은 모두 열심이었다.

잘 맞는 의사를 만나는 데도
행운과 불운이 있다?

주치의가 둘 이상이 되어 곤란한 상황도 있었다. 이때는 보호자가 정신을 똑바로 차리고 있어야 한다. 두 사람 사이에 끼여 이도저도 못할 수도 있기 때문이다. 나역시 이런 걱정이 앞섰는데 아버지를 보호하기 위해서라도 내 의견을 확실히 주장해야겠다고 마음먹었다.

어느 날 나는 간호사에게 이렇게 말했다.

"이건 클레임claim이지 컴플레인complain이 아니에요."

전문 지식이 없으면 병에 관해 의사가 하는 말을 정확히 이해하기 어려울 것이다. 하지만 적어도 의사의 말이 일관되는지 논리적인지는 판단할 수 있다. 만일 의사의 말이 이전과 다르거나 논리적이지 않으면 그 부분을 확인하면 된다.

지식만이 전부는 아니다. 무엇보다 '병'이 아닌 '사람'을 보기 위해서는 의학 지식만으로 충분하지 않다. 아버지는 자신의 주치의와 한번 싸워서 관계가 틀어진 적이 있었다. 무리한 이야기일 수도 있지만 이때 만일 의사가 질병만이 아니라 아버지라는 개인을 봤다면 치매를 의심해볼 수 있었을지 모른다.

내 경우는 대부분 간호사를 신뢰한 반면 의사를 신뢰하는 데
는 시간이 걸렸다. 한 의사는 데이터만 읽고 아버지의 몸을 직
접 눈으로 보려 하지 않으려 했다. 검진 시간에 나는 아버지의
발등 부종이 심하다고 말했는데 그 의사는 아버지에게 양말을
벗으라고 하지 않았다. 발목을 눌러보면 알 수도 있겠지만 직접
보는 것이 더 정확하지 않을까. 내가 이에 대해 푸념을 하니 간
호사는 이렇게 말했다.

"그래서 다들 (잘 맞는 의사를 만나는 데) 운이 좋은 사람이
있고, 나쁜 사람이 있다고 해요."

환자가 자신과 잘 맞는 의사를 만나는 운은 사람의 목숨과
관련된 부분이라서 단지 운으로 여기기에는 너무 가볍다. 사람
들마다 온도 차가 있는 것은 어쩔 수 없다 해도 환자와 가족에
게 불똥이 튀는 일은 아무래도 참기 어렵다.

의사에 대한 나의 불신은 아버지가 입원하는 동안 생겼다.
아버지의 협심증 이력 때문에 순환기내과 전문의가 아버지의 주
치의가 되었다. 퇴원 후에도 두 달에 한 번씩 주치의에게 검진

을 받았는데 놀랍게도 그는 매번 채혈 검사 결과를 보호자인 내가 아닌 아버지에게 설명했다.

물론 환자는 아버지이므로 주치의가 틀렸다고 할 수 없다. 하지만 아버지가 같은 병원의 뇌신경내과 의사에게 치매 진단을 받은 사실을 알고 있었다면 과연 그럴 수 있었을까? 아니면 알고 있지만 아버지가 설명을 잘 이해할 수 있다고 진정 믿고 있던 것일까?

아버지는 대체로 의사의 말을 잘 따랐다. 젊어서부터 병원에 자주 다니기도 했고 의사와 함께 일한 시간이 길어서 젊더라도 의사라면 무조건 존경하여 순순히 말을 들었다. 나이 든 양반이라 어쩔 수 없긴 하지만 간호사가 오면 누워서 꿈쩍하지 않다가도 의사가 오면 벌떡 일어나 침대 위에 바른 자세로 앉았다.

그런가 하면 한번은 내가 입원해 있는 동안 한 간호사가 내 상태를 직접 보지 않고 눈앞에서 나의 간호 기록을 읽으며 이렇게 말하기도 했다.

"음, 피부 상태는 좋은 것 같네요."

나를 직접 보면 알 수 있을 텐데. 의사든 간호사든 제각각인 것은 서로 다른 온도 차로 이해하는 것이 좋겠다.

내 이야기를 제대로 들어주는
사람들이 있다는 것

아버지의 간병을 도와주는 간호사, 사회복지사, 정기적으로 검진을 받는 의사에게 간병인으로서 무엇을 기대하는지 질문을 받은 적이 있었다. 아버지가 좋아지기를 바라지만 치매라는 질병의 특성상 현실적으로 어려운 일이다. 그렇다면 치매 간병의 목표는 치료가 될 수 없다.

아버지는 예전 집으로 돌아왔을 때 처음의 혼란기를 지나 안정기에 접어들면서 확실히 몸 상태가 나아졌고 나는 그것이 더할 나위 없이 기뻤다. 하지만 반년 정도 주기로 보자면 점점 나빠지고 있음을 부정할 수 없었다.

내가 아버지를 담당하는 전문가에게 기대하는 것은 아버지의 증상을 크게 개선하기보다는 앞으로 얼마나 계속될지 모르지만 아버지가 평온한 나날을 보낼 수 있도록 도와주는 일이었다. 몸을 깨끗하게 유지할 수 있도록 매일같이 닦아주는 일, 목욕과 배변 관리 등 가족이 혼자 하기에는 버거운 일들에서 도움을 받기를 바랐다. 또한 청소와 빨래는 내가 하곤 했지만 전문가의 솜씨는 비교할 수 없이 빠르고 훌륭했다.

　나는 아버지가 더 이상 고통 없이 평온하게 삶의 무대에서 내려오기를 바랐다. 고통이란 신체적인 고통만이 아니다. 신체적 고통으로 인한 불안보다 정신적 불안이 더 클 수도 있다. 나는 아버지가 이런 불안을 덜었으면 했다.

　아버지를 돌보면서 치매에 관해 어느 정도 알게 되긴 했지만 다른 사람의 조언이 절실했다. 그래서 간호사 선생님에게 아버지는 앞으로 어떻게 될 것 같은지 물어보곤 했다. 사람에 따라 다르겠지만 다른 환자들을 많이 지켜봐왔으므로 축적된 경험과 아버지의 경과를 지켜보며 전문가로서 보이는 부분이 있기 때문이다. 나와 어느 정도 신뢰 관계가 쌓여 있다고 믿은 한 간호사는 이렇게 단언했다.

　"(앞으로) 좋아지지 않을 거예요."

　냉정하게 보일 수도 있지만 그가 전문가로서 한 말을 납득하지 않을 수 없었다. 그렇다고 이야기의 결론이 난 것은 아니다. 그렇다면 앞으로 아버지를 어떻게 보살펴야 하는가에 대한 문제가 남아 있었다. '낫는다'는 의미는 단지 MRI 사진으로 확인되는 차원에 국한된 문제는 아니었다.

　아버지가 온화한 표정으로 웃으면서 말하는 모습을 보면 정신적인 지원이 중요하다는 사실을 절감했다. 공손한 태도로 끈기 있게 아버지와 대화를 나누는 사람을 보면 경탄이 절로 나왔다. 가족끼리만 있었다면 심각해졌을지도 모르지만 밖에서 바람이 불어오듯 많은 사람이 돌봄에 참여한 덕분에 아버지는 물론 다른 가족의 정신적 안정이 유지될 수 있었다.

나는 아버지와 오후의 긴 시간을 함께 있곤 했는데 간호사와 돌보미 선생님이 오는 날이면 늘 안도의 한숨을 내쉬었다. 아무도 오지 않는 날은 아침부터 기분이 울적해졌다. 선생님들이 아버지를 위해 방문한다는 사실을 잘 알고 있지만 함께 대화를 주고받을 수 있는 것만으로 가족에게도 분명 큰 힘이 된다.

때로는 그분들께 사소한 푸념을 늘어놓기도 했는데 내 이야기를 제대로 들어주는 존재가 함께 있다는 건 그 자체로 감사한 일이었다.

아버지가 내내 잠을 자는 게 마음에 걸렸으므로 몸을 움직이거나 간단한 작업을 하는 편이 더 낫겠지만 그렇다고 아버지가 잠에 들지 못하도록 하는 데 그쳐서는 안 된다고 생각했다. 나는 아버지가 타자와의 관계에서 벗어나 고립되기를 바라지 않았다. 내가 평일에 아버지와 함께 있었다고 해서 아버지와 충분히 교감을 나눌 수 있었던 것은 아니다. 타자와의 관계를 꾸준히 유지하려면 가족 외에 사람들을 만나는 것이 좋다.

　또한 칭찬의 문제는 조금 민감한데 본래 대등한 관계라면 칭찬하 못할 것이다. 나이가 들어도 기력이 정정한 사람에게 "장하네요"라고 결코 말하지 않는다. 치매가 있는 아버지를 칭찬하는 사람도 있었는데, 이는 많은 사람이 빠지기 쉬운 함정이다.

　예컨대 치매가 있는 노인에게 평온하다거나 온후하다는 식으로 말하는 것은 다른 가족에게 썩 유쾌하게 들리지 않는다. 말하는 사람도 많이 고민을 했을 텐데 민감한 부분이라서 이왕이면 남들과 다르지 않게 해주길 바란다. "(아버님이, 어머님이) 평소에는 어떤가요?" "지금 이렇게 말하는 모습을 보니 제 눈에는 평온해 보이네요" 정도로 말해주면 좋겠다.

병에 걸렸다고 해서
저차원의 존재가 된 것은 아니다

　　　　　　앞의 이야기와 모순된다고 생각할지 모르지만 아버지의 치료와 간호, 간병을 도와주는 분들이 아버지의 가장 건강할 때 모습을 보기를 바란다.

가족에게 과거란 반드시 좋은 기억만 있는 건 아니어서 원만한 가족 관계를 맺고 싶으면 그때까지 부모와의 역사를 잊고 '지금 여기서' 부모와 잘 지내자는 결심이 필요하다. 하지만 간병을 하면서 아버지와 처음 만나는 사람이라면 아버지의 과거에 대해 알아주기를 바란다.

쓰루미 슌스케는 《늘 새로운 사상가》에서 환자가 병에 걸리기 전이든 후든 그에게 말투를 바꾸지 않은 한 의사에 대해 말했다.

"누군가 병에 걸렸다고 해서 가장 저차원의 존재로 보지 않은 거죠. 환자가 되었다고 해도 그 사람의 고차원적인 모습을 기억에서 지우지 않는 것이 중요합니다."

나와 아버지는 벌써 오랫동안 함께 지내왔지만 가령 아버지의 주치의와 간호사는 아버지의 현재 모습밖에 알지 못한다. 모르는 게 당연하지만 내 바람은 아버지를 전부터 알고 있다고 생각하고 봐주는 것이다.

간호사가 집으로 방문을 하면 나는 아버지의 젊은 시절 사진과 만년에 배운 유화를 보여주었다. 물론 아버지의 젊은 시절

사진을 본 간호사들이 나를 보며 "아버지랑 하나도 안 닮았네요"라고 웃으며 말해서 어떻게 반응해야 할지 난감했지만. 그래도 아버지의 예전 모습을 알게 되고 조금 다르게 봐준 것 같아 기뻤다.

시설에 갔을 때는 아버지에 관한 질문지를 작성해달라는 부탁을 받은 적이 있었다. 질문지 중에는 아버지의 취미와 특기에 대해 묻는 내용이 있었다. 이에 나는 아버지가 그림을 그렸다고 적었다. 그러자 거기에 주목한 직원이 아버지에게 시험 삼아 그림을 그려보게 하고는 아버지가 제대로 그림을 그리자 색칠 공부 책이 아니라 아버지가 과거에 그랬듯 사진을 보고 스케치를 할 수 있도록 색연필과 그림물감을 준비해주기도 했다. 그곳에서 그린 아버지의 그림은 집에서보다 윤곽이나 색의 사용이 훨씬 능숙해져 보였다.

나는 병에 걸린 상태가 '가장 저차원'이라고 생각하지 않는다. 병자와 고령자야말로 인생의 진리에 더 가깝게 다가가 있다고 생각하기 때문이다.

상대가 거절할 수 있는
여지를 남기고 도움을 청한다

　　　　　　　다른 가족에게 부모님 돌봄을 도와달라고 할 때에는 자신이 아무리 많은 시간과 에너지를 돌봄에 쓰고 있다고 해도 상대에게 너무 강요하지 않는 편이 좋다. 다시 말해, 부모님을 주로 돌보는 역할을 맡고 있다고 해서 힘듦을 이해받는 것이 당연하다거나 다른 가족이 도와주는 것이 당연하다고 생각하면 안 된다는 것이다.

　조금 억울할 수도 있겠지만 다른 가족으로부터 도움을 받고 관계도 지켜나가려면 기본적으로 정중한 부탁이 최선이다. 부탁은 지시나 명령과는 다르다. 부탁이란 어디까지나 상대가 거절할 수 있는 여지를 남겨놓는 것이다. 상황이나 형편이 되면 도와주고 그렇지 못하면 도와줄 수 없는 것이다.
　"너도 자식이니까 당연히 부모를 돌봐야지!"
　이렇게 강압적으로 말하면 부모 돌봄이 '자식으로서 당연히 해야 할 일'이라는 것을 알면서도 형편이 안 되어서 돕지 못하는 사람조차 반발심을 싹트게 만든다. 마치 부모에게 공부하라는 잔소리를 들은 아이처럼 말이다. 안 그래도 공부해야지 하고 생각하던 아이가 부모에게 잔소리를 들으면 맞는 말인데도 듣기 싫고 짜증이 난다. 상대에게 부탁을 했을 때는 거절한다고 해서 비난하거나 부담을 주어서는 안 된다. 부모와의 관계에서도 마찬가지듯 가족 간에 권력 투쟁을 하면 관계는 돌이킬 수 없이 악화된다.

정리하면, 자신이 부모 돌봄을 하기로 결심했다면 모든 것을 혼자 떠맡아 하지 않는 것이 기본이다. 사는 곳이 가깝지 않으면 돌봄을 돕는 일이 간단하지 않다. 형제자매라도 무조건 도와줄 거라 기대하지 말자. 절대 나는 이만큼 했으니 너도 이 정도는 당연히 해야 한다며 강요하지 않는 자세가 중요하다. 혼자서 너무 오래 헌신하며 참다보면 이런 부분을 쉽게 놓치기 쉬우므로 명심하자.

그리고 다른 사람이 어떻게 할지 생각하기 전에 내가 어떻게 할지 태도를 결정하는 것이 좋다. 이따금 내 바람대로 돌봄을 대신해주지 않는다고 해서 티격태격하면 좋지 않다.

더 나아가 평소 부모 돌봄이 힘들다고 너무 심하게 푸념하지 않는 것이 오히려 도움이 된다. 만일 다른 가족에게 '힘들어 죽겠다'는 식으로 이야기하면 시작도 하기 전에 짐짓 겁먹기 쉽기 때문이다. '그렇게 힘든 일을 내가 어떻게 하지?' 싶어서 주저하게 되는 것이다.

집안일로 생각하면 쉽다. 가족이 다 함께 밥을 먹고 쉬고 있는데 왜 나만 설거지를 해야 하나 생각하며 자기가 먹은 그릇쯤은 직접 치우라고 명령조로 말하면 집안 공기가 갑자기 냉랭해질 뿐이다. 지적을 받은 사람은 내심 아차 싶으면서도 좋은 말로 하지 왜 짜증을 내는지 이해할 수 없어 기분이 상하기 때문이다. 차라리 어차피 혼자 시작한 일, 깨끗이 설거지를 끝내자고 하면 스스로 만족할 수 있다. 정말 도움이 필요하면 도와달라고 좋게 말해보자. 그럼 누군가 도와줄지도 모를 일이다. 도와주지 않을지도 모르고. 도와주지 않는다고 해서 원망하면 그 사람과 관계만 나빠지고 정작 필요할 때 협력을 구하지 못하므로 나만 손해다.

그런가 하면 부모와의 관계를 일부러 악화시켜 이런 부모는 도저히 내가 돌볼 수 없다고 결론을 내리기도 한다. 부모에게 문제가 있지 않은데 부모 돌봄을 그만하기 위해 적당한 이유를 찾아내는 것이다. 문제는 찾으려면 쉽게 찾을 수 있다. 이런 경우는 스스로 돌봄을 더욱 힘들게 만드는 것이다.

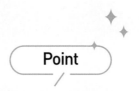

나라의 간병 지원 제도는 꼭 확인해서 이용한다.

병자와 고령자는 인생의 진리에 더 가까이에 있다.

누군가에게 도와달라고 부탁할 때는 거절할 여지를 남긴다.

아 버 지 를 기 억 해

Chapter 6

나이듦과 돌봄에 대해

더욱 성숙한 사회로

우리는 모두 어린아이였고
누구나 노인이 된다

치매는 차마 꺼내놓지 못하는 마음속 두려움 중 하나다. 설마 우리 가족한테는 일어나지 않겠지 하고 생각하는 걱정스러운 미래다. 나도 그랬다. 내가 막상 먼저 겪고 보니 대부분 병이 그렇듯 개인이나 가족이 감당하기에는 벅찬 상황이 많았다. 앞에서 부모의 자녀로서, 책임감 있는 개인으로서 가져야 할 마음가짐에 대해 이야기했고 이는 굉장히 중요하다. 하지만 사람들이 예기치 못한 상황에서 치매 진단을 받게 되더라도 안심할 수 있는 사회가 더 큰 전제 조건이 되면 좋겠다는 바람이다.

고령화 사회로 더욱 빠르게 진입하고 있는 상황인 만큼 사회에서 어린아이를 보호해주는 제도가 점점 더 늘어나듯이 노인을 보살펴주는 제도 역시 더욱 다양하게 발전해야 한다. 제도만이 아니라 사회적인 의식도 성숙해진다면 더할 나위 없겠다.

제도는 발전했지만 의식이 여전히 모자란 경우가 있다. 예를 들어, 사람들은 아이를 보호해야 한다고 생각하면서도 실제로는 어린아이에게 관대하지 못할 때가 많다. 대중교통이나 카페, 음식점 등 사람들이 모이는 제한된 공간에서 아이가 울음을 그치지 않으면 주변 사람들이 슬슬 눈치를 주고 짜증을 내기 시작한다. 아이를 빨리 달래지 못하는 부모를 탓하며 육아 요령이 없다거나 아이를 제대로 교육시켜야 하는데 교육이 덜 되어 있으면 시설 이용을 자제해야 한다고 말하는 사람들도 있다. 그런 말을 하는 사람들 중에는 어린아이를 키워본 경험이 없을 가능성이 크다. 아니면 자신의 자녀 교육에 있어서는 한 치의 흐트러짐이 없었거나.

우리는 모두 한때 어린아이였다. 어른이 되어 대부분 그 사실을 잊고 살아갈 뿐이다. 그리고 우리는 모두 노인이 된다. 주변의 노인을 어떤 시선으로 바라볼지는 개인의 선택이다. 다만 어린아이부터 노인까지 누구든 사회의 도움이 필요할 때 안심하고 살아갈 수 있는 사회가 되려면 무엇을 해야 할지 생각해봤으면 한다.

라이프 스타일은 바꾸려고 하면
얼마든지 바꿀 수 있다

✦   아들러 심리학에서는 자신을 어떻게 보는지, 이 세계를 어떻게 보는지를 '라이프 스타일'이라고 한다. 라이프 스타일은 보통 '성격'이라고 하는데 성격이라는 용어에서 느껴지는 이미지와는 달리 라이프 스타일은 선천적으로 정해지지 않는다. 그래서 라이프 스타일을 바꾸려고 하면 얼마든지 바꿀 수 있다고 생각하는 것이 아들러 심리학의 독자적인 면이라 할 수 있다.

다만 부자유스럽다는 걸 알아도 익숙한 라이프 스타일을 바꾸기란 쉽지 않다. 사람들이 자신에게 무엇을 해줄지 생각하는 자기중심적 라이프 스타일을 고수하는 사람이 많은 이유다. 그런데 자기중심적인 사람이라 하더라도 자신의 라이프 스타일을 명확하게 드러내지는 않는다. 밖에서는 점잖지만 집에서는 큰소리치며 거들먹거리는 '횃대 밑 사내'밖에서는 용렬하여 남들에게 꼼짝 못 하면서도 집 안에서는 큰소리치는 사람을 가리키는 속담 같은 사람도 있다.

그렇지만 나이가 들수록 성격은 상식만으로 통제되지 않는 것 같다. 가족과 있으면 특히 더 심해서 라이프 스타일이 점점 더 명확하게 드러난다.

이것은 마치 꿈속에서 상식의 통제력이 약해지는 것과 비슷하다. 꿈속에서 인간은 현실을 예행연습 하곤 한다. 꿈속에서는 상식을 신경 쓸 필요가 없으므로 무엇이든 할 수 있다. 따라서 꿈속에서는 현실에서 하지 못한 일을 미리 시험해볼 수 있다.

아버지는 마치 현실이 꿈과 같기 때문인지 상식으로 통제하지 않는 것처럼 보였다. 그래서 아버지가 그동안 고수해온 라이프 스타일을 나에게 있는 그대로 보여주는 것이리라.

설령 라이프 스타일이 고정되어 있는 것처럼 보여도 주변에서 적절히 도와주면 달라질 수 있다. 똑같이 몸이 부자유스러워도, 다른 사람에게 받는 것을 당연하게 여기는 자기만 생각하는 사람이 있는가 하면 그러한 삶과는 확연하게 선을 그으며 사는 사람도 있다.

인간관계에서 문제로 보이는 것이
진짜 문제인가?

✦   자신의 라이프 스타일은 결심하면 바꿀
수 있다. 하지만 다른 사람의 라이프 스타일을 바꿀 수는 없다.
부모도 마찬가지다.

나에게 상담하러 오는 사람들에게 자신을 좋아하느냐고 물
으면 거의 예외 없이 "싫어합니다"라고 답한다. 자기 자신을 좋
아하지 못하는 사람이라면 부디 좋아하게 되었으면 좋겠다. 다
른 도구는 마음에 들지 않더라도 바꿀 수 있지만 '나'라는 도구
는 바꿀 수 없기 때문이다. 자신을 좋아하지 못하면 인생을 사
는 내내 괴롭기 마련이다.

우리는 현재의 상태보다 더 나은 상태를 추구해야 한다고 귀
가 따갑도록 들으며 자랐다. 그래서 자신에게 만족하지 못하는
사람은 어떻게든 자신을 바꾸기 위해 노력한다. 하지만 주변의
눈치를 보며 다른 사람이 된 척 살 수 있다 해도 진정한 자신이
아니라면 소용없다. 아무런 의미가 없다.

나 자신은 물론 다른 사람과의 관계를 좋게 만들기 위해서

는 먼저, 왜 단점이나 결점, 문제 행동이 두드러지게 보이고 좋아하지 못하는 이유가 무엇인지 알아야 한다. 어떻게 하면 같은 상태에서 더 좋아질 수 있을까?

먼저, '문제로 보이는 것이 진짜 문제인지 의문을 품는 것'이다. 알다시피 나는 아버지와 관계가 좋지 않았다. 그러다보니 나는 아버지의 말이 안 좋게 들린 적이 많았다. 어머니가 세상을 떠나고 한번은 아버지가 내가 공들여 만든 음식에 대해 이렇게 말한 적이 있었다.

"이제 음식 만들지 마."

내 음식이 얼마나 맛이 없었으면 아버지는 그렇게까지 말했을까.

그런데 그로부터 20년이 지나고 나도 나이를 먹고 부모가 되면서 아버지가 했던 말의 의미가 다르게 이해되는 순간이 있었다. 그 당시 대학원생이던 내게 아버지가 진짜 하고 싶던 말은 이렇지 않았을까.

"너는 학생이니 공부해야지, 이런 손이 많이 가는 음식은 이제 더는 만들지 마라."

내가 아버지의 속뜻을 실제로 확인한 것은 아니다. 아버지는 그때 일을 기억하지 못할 것이다. 아버지가 내게 "이제 음식 만들지 마"라고 말했던 것은 변하지 않는 사실이다. 하지만 그 말이 나에게 상처를 주기 위한 말이었는지 다시 해석해보면서 나와 아버지의 관계도 이전과 달라진 부분이 있었다.

내 곁에 있어줘서, 열심히 살아주어 고마운 존재

◆   같은 상태에서 달라지기 위한 또 하나의 방법은 '타자에게 공헌하는 것'이다. 있는 그대로의 나여도 괜찮다고 해도 지금의 자신이 어떤 식으로 살아도 괜찮은 것은 아니다. 타자에게 받기만 하면서 살아도 되는 것 또한 아니다. 어린아이라면 다른 사람의 도움이 반드시 필요하다. 하지만 머지않아 스스로 할 수 있는 일이 늘어난다. 어느 순간에는 스스로 하지 않으면 안 되는 일이 대부분이다.

그럼에도 언제까지나 남의 도움을 받고 살아가려 한다면 주변 사람들을 질리게 하고 말 것이다. 도움이 필요하면 최소한으로 부탁하는 일이 있더라도 가능한 한 자립을 하기 위해 노력해야 한다.

늘 타인에게 의존하는 사람에게 '지금 이대로도 괜찮다'고 말하면 자신에게 유리하게 해석할 위험이 있다. '지금 이대로도 괜찮다'는 말의 진짜 의미는 '타자의 기대에 맞춰서 살지 않아도 된다'는 것이다.

지금 이대로의 나 자신도 괜찮다는 생각을 하기 위해서는 누군가에게 어떤 형태로든 공헌하고 있다고 생각할 수 있어야 한다. 성격을 바꾸지 않아도 나는 타자에게 도움이 된다, 어떤 형태로든 공헌하고 있다고 생각할 수 있으면 자기 자신을 괜찮은 사람이라 여기게 되어서 이전과는 다르게 자신감이 생긴다. 이를테면 '이런 나에게도 좋은 점이 있구나'라고 생각할 수 있다. 그렇게 되면 인생을 살아가는 태도가 달라지게 된다.

타자와의 관계를 떠나 어떻게 해야 자기 자신을 좋아하게 될 수 있을지 생각하기는 어렵다. 반대로 자신을 좋아하게 된 것이 타자와의 관계에서 벗어났다면 이는 나르시시즘에서 비롯될 수 있다.

나는 자식에게 고맙다는 인사를 자주 하라고 다른 부모들에게 권한다. 자식들이 부모나 다른 사람에게 도움이 되는 존재라는 사실을 느끼길 바라기 때문이다. 자식에게도 마찬가지로, 부모에게 고맙다는 인사를 자주 했으면 한다. 주의 사항이라면 적

절한 행동에 대해 이야기해야지 아무 일이나 고맙다고 해서는
안 된다는 것이다.

그런데 나이가 들고 돌봄과 간병이 필요한 부모는 실제로 타
자에게 공헌하기가 어렵다. 젊은 시절과는 다르게 스스로의 힘
으로 하지 못하는 일이 많아지면 자신의 변화된 모습을 받아들
이지 못하기도 한다. 젊은 사람이라도 갑작스럽게 병에 걸리거
나 사고를 당해 몸을 자유자재로 움직이지 못하게 되면 그 자체
만으로 고통을 받을 뿐만 아니라, 자신이 더 이상 사회에 필요
하지 않은 존재가 된 것 같은 불안에 사로잡혀 살아갈 용기를
쉬이 잃게 된다.

그러므로 우리는 다른 사람을 위해 애쓰는 가족의 좋은 행
동에 대해서는 물론 가족의 존재 자체에 대해 고맙다고 말할 수
있다. 나의 부모여서, 나의 자식이어서, 내 곁에 있어줘서, 열심
히 살아주어서 고맙다고 말이다.

타자의 기대에 따르려고 하지 않아도, 자신이 뭔가 특별한
일을 하지 않아도 있는 그대로의 모습으로 인정받은 경험은 무
엇과도 바꿀 수 없는 귀중한 내면의 자산이 된다. 마음의 자산
이 풍족하면 자존감이 쉽게 떨어지지 않는다. 생산성 역시 모든

순간에 어떤 행위가 아닌 '존재'의 차원에서 의식하기 위해 노력해야 한다.

누구나 살다보면 휴식과 안정이 필요한 순간이 있다. 가벼운 감기라 해도 병을 앓아본 사람이라면 안다. 스트레스로 인해 마음이 지친 사람도 마찬가지다. 휴식이 필요한 자신을 있는 그대로 받아들인다는 것, 나아가 그런 자신조차 타자에게 공헌할 수 있다고 생각하는 것. 자신은 물론 돌봄의 대상에 대하여 '존재' 자체로 서로를 인정하자.

젊음에게 인생은 직선이고
노인에게 인생은 곡선이다

키케로에 따르면, 고대 로마의 정치가이자 문인이었던 카토는 여든이 되어 그리스어를 배웠다. 서머셋 모옴은 나이가 들어 그리스어를 배운 카토의 이야기를 빗대어 젊은 시절에는 시간이 많이 들어 피하던 일도 노년이 되면 간단히 시작할 수 있다고 말한다. 상식적으로 생각하면 늦은 나이에 새로운 뭔가를 시작하는 일이 어려워 보인다. 그런데 이런 일이 가능하다면 이유가 무엇일까?

　젊은이와 노인은 태어나서 죽을 때까지 인생을 바라보는 관점이 다르다. 젊은이는 인생을 '직선'으로 보는 데 비해 노인은 그렇게 보지 않는다. 노인은 남은 인생을 일직선에 맞춰 살기보다 마치 '춤'을 추듯 곡선으로 살아간다.

　우리 인생을 시작점과 종착점이 있는 직선의 움직임에 비유하기는 어렵다. 만일 인생을 직선으로 본다면, 가능한 한 빠르고 효율적으로 목표(종착점)에 도달하는 것이 중요하다. 하지만 살아가는 것은 효율과 거리가 멀다. 인생이라는 시간을 할 수 있는 한 빨리 달려가고 싶은 사람이 어디 있겠는가.

　아리스토텔레스는 인간의 움직임 가운데 '춤'에 대해 말한다. 춤추는 사람은 어딘가에 도달하기 위해 움직이지 않는다. 춤에 있어서 가장 중요한 것은 어느 목표에 도달하는 것이 아니라 지금 여기서 그대로 완성되는 것이다.

　삶은 '춤'을 닮았다. 그때그때 완성하는 것이다. 나이가 몇 살이든 뭔가를 시작하고 비록 미완성으로 끝났다고 해도 그저 즐거우면 된다. 혹시라도 인생의 방향을 일직선으로 여기고 가장 효율적인 길이 어디인지 찾고 있었다면 노인과 부모로부터 좀 더 느긋하고 지금을 즐길 수 있는 여유를 배워보자.

나는 부모로부터 인생에 대해
더 많은 것을 배웠다

존경은 상대를 있는 그대로 보는 것을 의미한다. 영어에서 '존경하다'를 뜻하는 'respect(리스펙트)'의 어원은 '본다', '돌아본다'는 뜻의 라틴어 'respicio(레스피키오)'다. 에리히 프롬은 《사랑의 기술》에서 '존경'이란 '그분의 있는 그대로의 모습을 보고 그분이 유일무이한 존재, 다른 누군가와 대체할 수 없는 존재라는 것을 아는 능력'이라 말한다.

부모를 존경한다는 것은 부모의 모습을 있는 그대로 본다는 것이다. 다른 누군가와 대체할 수 없는 유일무이한 존재임을 아는 것이다. 부모를 미화하지 않으며, 이상적인 부모의 모습에서 현실의 부모를 뺄셈하여 보는 것도 아닌 '있는 그대로의 부모'를 인정하는 것이다.

　가족은 결코 당연하지 않다. 오늘 내 곁에 있는 가족이 내일도 있으리라는 법은 없다. 별일 없이 하루하루를 살다보면 무심코 잊기 쉬운 인생의 불편한 진실이다. 이러한 불편한 진실은 언젠가 갑작스럽게 우리에게 찾아오고 그제야 우리는 가족이 함께하는 삶이 언제까지나 결코 당연하지 않음을 깨닫게 된다. 이러한 마음으로 일상 속에서 이따금씩 당신에게 소중한 사람과의 관계를 돌아봤으면 한다.

　'이 사람은 나에게 둘도 없이 소중한 사람이다. 지금은 이렇게 함께 있지만 언젠가 머지않아 헤어지는 날이 우리에게 다가올 것이다. 그날이 언제일지 아무도 모르지만 하루하루가 마지막인 것처럼 소중히 여기며 살자. 문제가 생겨도, 병에 걸려도, 때로는 실망스러워도 다른 누구도 아닌 바로 이 사람과 함께 살아가자.'

　이렇게 마음속으로 약속하며 가족의 존재를 소중히 받아들일 때 서로에 대한 존경이 싹틀 수 있다.

　언젠가 아버지는 인생의 남은 시간에 대해 나지막이 내게 말했다.

　"아무리 생각해도 살아온 날보다 앞으로 살아갈 날이 더 짧을 것 같구나."

살아갈 날이 더 짧을 것 같다고 말하는 아버지의 모습은 늘
상 앞만 바라보며 전진하는, 시간이 없다고 초조해하는 나보다
훨씬 여유로워 보였다.

나는 아버지의 돌봄을 받으며 갓난아이에서 어린아이로, 사
춘기 소년에서 청년으로, 그리고 어느덧 중년의 어른이 되었다.
이제는 그런 내가 노인이 된 아버지를 돌보고 있다.
하지만 나는 언제나 변함없이 아버지로부터, 부모로부터 인
생에 대해 더 많은 것을 배우고 있다.

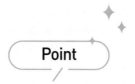

도움의 손길을 받으면 인간은 달라질수 있다.

인생은 직선이 아닌 곡선이다.

상대를 있는 그대로 바라보는 것이 '존경'이다.

epilogue l

아버지는 자서전을 쓴 적이 있었다. 그 무렵 아버지는 아직 건강해서 자서전에 쓸 사진을 가지러 우리 집으로 오곤 했다. 아버지는 필요한 사진을 스캔 받은 뒤 출력을 했다.

훗날 아버지가 집으로 돌아오면서 잔뜩 가져온 짐 안에는 이때 쓴 자서전이 들어 있었다. 책 속에는 이렇게 쓰여 있었다.

"돌아보면 빛나는 시절, 늘 곁에는 가족이 있었다. 이제는 가족도 떠나고 아이들도 독립하여 행복하게 살고 있다. 그리고 문득 정신을 차려보니 내 곁에는 반려동물 치로가 있다. 낡은 가족사진을 통해 각자가 자신의 삶을 힘차게 살았던 시대를 회상하며 역사를 생각한다."

아버지가 쓴 이 글에서 나는 '각자가 자신의 삶을 힘차게 살았다'는 문장이 나의 마음을 움직였다. 나는 아버지가 살았던 시대에 대해 궁금했다. 그래서 아버지와 둘이서 살게 된 일생에서 두 번째 맞은 시간 동안 나는 기회가 있을 때마다 아버지에게 지금까지 살아온 '역사'를 물었다. 아버지는 최근에 일어난 일은 바로 잊어버려도 옛날 일은 자세히 기억했다.

어머니는 뇌경색으로 쓰러져 마치 바람처럼 순식간에 세상을 떠났다. 그래서 어머니를 생각하면 마음이 아프고 가슴에 사무치는 일이 많았다.

아버지와는 충분히 많은 시간을 보낸 것 같아서 다행이다. 그러나 아버지에 대해 글을 쓰는 것은 생각보다 괴로운 일이었다. 좀처럼 글이 잘 써지지 않았다. 그래서 이 책의 원고를 쓰는 도중에 몇 번이나 쓰다가 그만두었는지 모른다.

하지만 이런 기회를 얻은 덕분에 나는 가족의 일은 물론 부모와 자식의 관계, 그리고 나이듦과 돌봄, 더 나아가 죽음에 대해 더 깊이 생각할 수 있었다. 아마 여태까지 살아오면서 아버지와 이렇게 정면으로 마주한 적은 없었던 것 같다.

탈고가 얼마 남지 않았던 10월의 어느 날, 아버지는 요양 시설의 치매 병동에서 일반 병동으로 아울러 1인실에서 4인실로 옮기게 되었다. 이 소식을 듣고 평소보다 마음도 발걸음도 가벼워서 전철 역에서 집까지 2킬로미터가량을 혼자 걸었다.

아버지의 여든두 번째 생일에 아마도 결혼 전 찍은 듯한 젊은 시절의 아버지와 어머니 사진을 아버지에게 가져갔다.

"오호, 그립구나!"

아버지는 사진을 보고 오랜만에 무척이나 설레는 모습을 보였다. 사진 속 축음기와 레코드, 화로에는 관심을 보였는데 어머니에 대해서는 한마디도 하지 않았다. 씁쓸한 기분이 들긴 했지만 어쩌면 그 사진이 아버지의 마음속 어딘가를 흔들었을지 모르는 일이다.

아버지의 돌봄과 간병을 하게 되었다고 블로그에 올렸을 때 순식간에 이곳저곳에서 전화와 메일이 쏟아졌다. 전부 베테랑 부모 돌봄, 간병 전문가들로부터 온 연락이었는데 시시콜콜한 얘기부터 노하우까지 구체적인 조언을 아끼지 않았다.

내가 아이들을 아침저녁으로 자전거로 태우고 유치원과 집을 오가던 무렵, 사람들이 지나가는 나를 불러서 육아와 관련된 이런저런 것을 가르쳐주던 때가 생각났다.

그때는 지금처럼 남자가 아이들을 데리러 유치원에 오는 것이 일반적이지 않던 시절이다. 나는 다른 엄마들과 삼삼오오 모여서 육아에 대한 정보를 교환했다. 아이들을 생각처럼 잘 돌보지 못해 낙담하던 나날이 계속되고 있었던 차에 나만 육아로 고생하는 게 아니며 부모 마음이 다 똑같다는 사실에 크나큰 위로를 받았고, 모두 좋은 추억이 되었다.

이번에도 부모 돌봄을 계기로 알게 된 많은 사람으로부터 많은 도움을 받았다. 이러한 도움 덕분에 힘들 때마다 극복할 수 있는 힘을 얻었다. 이 책이 나이 든 부모에 대해 고민하고 아픈 부모를 돌보는 사람들에게 조금이라도 힘이 될 수 있길 바란다.

부모 돌봄에 대해 귀중한 조언을 주신 많은 분들, 특히 아버지를 간호하고 간병하는 데 온 힘을 다해주신 병원과 요양 시설 '고모레비'나뭇잎 사이로 비치는 햇살이란 뜻-역자 여러분, 의사인 히라오카 사토시와 시마다 마사히사에게 고맙다는 인사를 전한다.

2010년 12월 기시미 이치로

epilogue II

2013년 2월, 아버지가 세상을 떠났다.

향년 여든넷이었다.

주치의에게 응급 소생술을 하지 말아달라고 부탁해놓은 터라 아버지는 나와 아내가 지켜보는 가운데 병원에서 조용히 숨을 거두었다.

아버지가 숨을 거두기 직전 아버지의 눈에서 눈물이 흘러내렸다. 내가 아버지에게 말을 걸자 심장 박동과 호흡 상태를 보여주는 모니터 파형에 변화가 일어났다. 아버지는 마지막으로 무슨 말인가를 전하려고 했던 것이리라.

아버지를 돌보기 시작한 것은 내가 심근경색으로 쓰러지고

2년 뒤부터였다. 건강 회복을 위해 일을 줄였다가 슬슬 늘려도 되겠다고 생각하던 차에 나는 아버지가 치매 진단을 받았음을 알게 되었다. 다시 사회생활을 시작하려 했으나 잠시 속도를 늦추고, 그렇게 나는 아버지를 돌보며 조금씩 일을 시작했다. 이렇게 인생의 우연으로 만년의 아버지를 가까이에서 모실 수 있어 행운이었다.

이 책은 치매 진단을 받은 아버지를 돌보던 시기에 썼다. 아버지를 돌보면서 이에 대한 글을 쓰는 것은 생각보다 어려운 일이었다. 나는 부모 돌봄에 대한 마음의 준비는커녕 치매와 간병에 관해 아무것도 몰라서 내가 과연 잘하고 있는 건지 도통 갈피를 잡을 수 없었기 때문이다. 젊어서 세상을 떠난 어머니를 돌보던 시절과는 다른 상황, 즉 부모가 늙어가는 현실을 어떻게 받아들여야 할지도 생각해볼 문제였다.

이런 고민들 속에서 아무런 답을 찾지 못한 채 원고를 썼다. 그런데 오랜만에 이 책을 다시 읽으면서 내가 책 속에 자주 썼던 글을 여기에도 썼음을 깨달았다.

먼저, 인간의 가치는 '살아가는 것' 그 자체에 있다는 것이다.

어머니를 간병하면서 '살아 있는 것이 이미 기쁨'임을 느낀 바 있었다. 그리고 그 의미를 더욱 분명하게 해준 건 바로 '아버지' 였다.

그리고 살아 있음 자체로 가치를 지닌 우리는 '지금 여기를 살아야 한다는 것'을 아버지로부터 배웠다. 아버지는 방금 전에 일어난 일을 바로 잊어버리곤 했다. 물론 이는 일상적이지 않은 개선해야 할 증상이다. 하지만 과거를 돌아보며 자책하지 않고, 미래를 생각하며 불안해하지 않으며, 오직 오늘이라는 날을 위해 산다는 의미에서 아버지는 이상을 실현했다고 할 수 있다.

부모를 돌본 시간을 돌이켜보면 결코 완벽했다고 할 수 없고 판단을 잘못한 경우도 많았다. 최선을 다했으며 그것이 전부였다. 누구든 부모 돌봄을 완벽하게 해내지 못했다 하더라도 자책하지 않았으면 좋겠다. 부모가 육아를 완벽하게 하지 못했다고 해서 아이가 튼튼하게 제대로 자라지 않는 것은 아니다. 아버지의 말을 빌리자면 그렇게 함께 '각자가 자신의 삶을 힘차게 살아가는' 것이다.

어렵지 않은 돌봄은 없다. 살아가는 것이 숭고하듯 돌봄은 인간이 타자에게 공헌할 수 있는 최고의 정신이다. 이 책을 통해 부모와의 관계를 다시 생각해보며 당신이 어깨에 진 부담을 조금이라도 덜 수 있기를 바란다.

재간에 맞춰 분쿄샤의 우스키 히데유키에게 신세를 졌다. 감사의 마음을 전한다.

2019년 9월 기시미 이치로

참고문헌

Alfred Adler, 《The Individual Psychology of Alfred Adler: A Systematic Presentation in Selections from his Writings》, Ansbacher, Heinz L. and Ansbacher, Rowena R. eds., Basic Books, 1956.

Ross, W. D (rec.), 《Aristotle's Metaphysics》, Oxford, 1948.

Shulman, Bernard and Berman Raeann, 《How to Survive Your Aging Parents》, Surrey Books, 1988.

아오야마 고지, 〈슬픈 나의 연인〉(2006년), 양윤옥 옮김, 자음과모음, 2010년(《가와바타 야스나리 상 수상 작품집》에 수록되어 있음—역주)

알프레드 아들러, 《삶의 의미》(1933년), 김세영 옮김, 부글북스, 2017년

알프레드 아들러, 《아들러의 인간이해》(1927년), 홍혜경 옮김, 을유문화사, 2016년

알프레드 아들러, 《성격 심리학》(1927년), 윤성규 옮김, 지식여행, 2012년

알프레드 아들러, 《심리학이란 무엇인가》(1931년), 김문성 옮김, 스타북스, 2011년

우에노 지즈코, 《늙어가는 준비 간병하는 것, 받는 것》, 아사히신분샤, 2008년

에이와 리카코, 《눈코 뜰 새 없이 바쁜 간병 일기 신참요양보호사분투기》, 이와나미쇼텐, 2010년

오치아이 게이코, 《어머니에게 불러주는 자장가 나의 간병일지》, 아사히신분샤, 2007년

오자와 이사오, 《치매를 산다는 것》(2003년), 이근아 옮김, 이아소, 2009년

오자와 이사오, 《치매란 무엇인가》, 이와나미쇼텐, 2005년

가토 히사타케, 가모 나오키 엮음,《생명윤리학을 배우는 사람을 위하여》, 세카이시소샤, 1998년

키케로, 《키케로의 노년에 대하여》(BC 44)(독일어, 영어로 번역된 라틴어 원작을 한국어로 중역), 정영훈 엮음, 정윤희 옮김, 소울메이트, 2015년

기시미 이치로, 《아들러 심리학을 읽는 밤》(1999년), 박재현 옮김, 살림, 2015년

기시미 이치로, 《지금 여기서 행복할 것》(2003년), 박재현 옮김, 엑스오북스, 2015년

기시미 이치로, 《아들러에게 인생을 묻다》(2008년), 전경아 옮김, 한스미디어, 2015년

기시미 이치로, 《버텨내는 용기》(2010년), 박재현 옮김, 엑스오북스, 2015년

기시미 이치로, 《아들러에게 인간관계를 묻다》(2010년), 유미진 옮김, 카시오페아, 2015년

기시미 이치로, 《행복해질 용기》(2014년), 이용택 옮김, 더좋은책, 2018년

기타 모리오, 《청년 모키치 〈적광〉〈옥돌〉 시대》, 이와나미쇼텐, 1991년

사와키 고타로, 《무명》, 겐토샤, 2006년

다카야마 후미히코, 《아버지를 보낸다》, 겐키쇼보, 2009년

쓰루미 슌스케 엮음, 《나이든 사람의 사는 법》, 지쿠마쇼보, 1997년

존 베일리, 《아이리스》(2002년), 김설자 옮김, 소피아, 2004년

와시다 기요카즈, 《곱씹을 수 없는 생각》, 가도카와가쿠게이출판, 2009년

에리히 프롬, 《사랑의 기술》(1956년), 황문수 옮김, 문예출판사, 2019년

헨미 요, 《나와 마리오 자코멜리 '생'과 '사'의 경계를 찾아서》, NHK출판, 2009년

얀 헨드릭 반 덴 베르크, 《병상 심리학》, Humanities Press, 1972년

호리에 도시유키, 《메구라시야》, 신쵸샤, 2010년

미요시 하루키, 《노인간병 상식의 착각》, 신쵸샤, 2006년

미요시 하루키, 《노인간병 할아버지 할머니의 사랑법》, 신쵸샤, 2007년

서머싯 몸, 《서밍 업》(1938년), 이종인 옮김, 위즈덤하우스, 2018년

마르그리트 유르스나르, 《하드리아누스 황제의 회상록 1, 2》(1951년), 곽광수 옮김,
민음사, 2008년

요미우리신문생활정보부 엮음, 《나의 간병노트 1, 2》, 추오코론신샤, 2010년

가와데 미치노테쵸 시리즈 《쓰루미 슌스케 늘 새로운 사상가》, 가와데쇼보신샤, 2008년

Tessa Perrin & Hazel May, 《Wellbeing in Dementia : An Occupational Approach
for Therapists and Carers》, Churchill Livingstone, 2000.

아버지를 기억해

초판 1쇄 발행 2022년 5월 26일

지은이 기시미 이치로
옮긴이 전경아
펴낸곳 ㈜에스제이더블유인터내셔널
펴낸이 양홍걸 이시원

주소 서울시 영등포구 국회대로74길 12 남중빌딩 시원스쿨
구입 문의 02)2014-8151
고객센터 02)6409-0878

ISBN 979-11-6150-001-0   03810

시원북스는 ㈜에스제이더블유인터내셔널의 단행본 브랜드
입니다.

독자 여러분의 투고를 기다립니다.
책에 관한 아이디어나 투고를 보내주세요.
siwonbooks@siwonschool.com